Géraldine Sommier-Maigrot

L'envers des meringues

Roman

© 2022, Géraldine Sommier-Maigrot
Édition : BoD – Books on Demand,
12/14 rond-point des Champs-
Élysées, 75008 Paris
Impression : BoD - Books on
Demand, Norderstedt, Allemagne
ISBN: 9782322410859
Dépôt légal : Janvier 2022

L'envers des meringues

*Les jours d'après ne sont jamais
un retour aux jours d'avant.*

*On aime nos enfants.
On leur donne tout ce qu'on peut.
Quand on s'aperçoit qu'ils sont trop grands,
Faudrait-il alors leur dire adieu?
Ne plus les aimer, seulement de loin?
Se contenter de n'être là qu'en cas de besoin?
Comment est le monde d'après sans eux?*

Le couac de l'Opéra

Une rencontre, c'est quelque chose de décisif, une porte, une fracture, un instant qui marque le temps et crée un avant et un après.
(Eric-Emmanuel Schmitt)

C'était une catastrophe. Un cauchemar. Un choc cataclysmique d'autant plus douloureux qu'elle ne l'avait pas vu venir. Elle avait attendu cette première rencontre avec une impatience fébrile, un soupçon de crainte aussi. Rien ne se passa comme elle l'avait espéré. Le cataclysme lui tomba abruptement dessus, à peine devancé par quelques tremblements grinçants qui auraient pu l'alerter si elle y avait prêté attention. Mais naïvement, elle ne s'était doutée de rien. Elle n'avait pas fait l'effort de comprendre.

Il était presque dix-sept heures et Bastien n'avait toujours pas donné signe de vie. Nésilla ne savait plus si elle devait s'inquiéter, ou au contraire se résigner à admettre que, pour un jeune de vingt-cinq ans, il n'y avait pas d'heure estampillée « heure de goûter ». Ce qui, pour elle, se prenait à seize heures, se reculait pour d'autres. Ceux qui déjeunaient tard.

Nésilla aimait la ponctualité. La précision. Arriver *pile* à l'heure. Mettre dans le *mille*. Comme un rappel que son prénom, malgré son *i* et ses deux *l* trompeurs, dégringolait en flocons de grésil, sans rien qui grésille ou nasille. Il n'était pas du côté qui brille, mais de l'autre, le tranquille, celui qui se complaît dans sa villa.

L'exactitude était pour Nésilla un facteur d'équilibre. Dans son métier de pâtissière, la précision s'imposait comme le plus indispensable des outils, l'arme à dégainer plus vite que les douilles et le fouet. Quant à la ponctualité, elle y adhérait pour respecter autrui et avait élevé son fils dans les mêmes dispositions d'esprit. On fixe un rendez-vous. On s'y tient. Ou alors on téléphone pour prévenir. Par respect.

Jusque là, Bastien avait plutôt bien retenu la leçon. A chaque fois qu'il devait parcourir les cinquante kilomètres qui séparaient son appartement grenoblois de la maison de sa mère, il annonçait une fourchette horaire qu'il arrivait à tenir au quart d'heure près. Quand un embouteillage ou un incident imprévu le retardait, il envoyait un message. Toujours ce satané respect.

Seulement ça, c'était le Bastien célibataire qu'elle connaissait avant, qui prenait le temps de dîner avec elle plusieurs fois par mois. En ce dimanche de novembre, c'était un autre Bastien qui avait prévu de venir pour le goûter. Un Bastien amoureux, avec la tête dans les étoiles et, accrochée à ses regards, une nouvelle conquête appelée Anaïs. Apparemment ce Bastien revigoré, nouvelle version, qui désormais pensait à deux, avait oublié les règles élémentaires de courtoisie et de politesse.

Méfiante, Nésilla avait envie d'accuser l'étrangère d'avoir influencé son fils. Parce qu'elle avait mis du temps à se préparer, ou parce qu'elle n'accordait pas d'importance aux règles de civilité désormais si peu en vogue chez les jeunes.

Elle se retint. Elle n'avait jamais rencontré Anaïs. Elle n'allait pas juger sans savoir. Il était si tentant de se laisser embourber dans le piège des préjugés faciles qui reposent trop souvent sur des défauts de connaissance et manquent donc d'objectivité.

Elle regarda de nouveau sa montre. Dix-sept heures trente. Le rendez-vous goûter commençait sérieusement à sentir le roussi. S'ils n'arrivent pas bientôt, je devrai leur servir l'apéritif, pensa-t-elle sans le dire tout haut. Elle prit le parti de s'en amuser, même si, débattant avec sa conscience, une petite voix inquiète lui soufflait timidement que la première rencontre qui devait l'opposer, — pardon: qui devait la mettre en présence —, de la compagne de Bastien, ne s'annonçait décidément pas sous les meilleurs auspices.

Voilà que je tourne à la belle-mère névrosée à l'idée d'être présentée à la femme qui a séduit mon fils, se gourmanda Nésilla. C'est ridicule. Elle ne peut être que sympathique puisqu'il l'aime. Je vais donc l'aimer aussi. Et elle m'aimera en retour.

Pour l'amadouer et se montrer sous son meilleur jour, Nésilla avait fait appel à son talent reconnu de pâtissière. C'était ce qui la définissait au plus près, ce dont elle était le plus fière. Elle avait fabriqué un Opéra tout en souplesse et en légèreté. Elle avait choisi cet entremets raffiné digne d'un repas de fête car on pouvait en savourer tous les parfums d'une seule bouchée: la force du café emprisonnant l'immensité de la ganache au chocolat et la douceur du biscuit Joconde à l'amande. C'était un dessert fait pour l'échange, le partage, le plaisir visuel. Il sautait aux yeux. Il les éblouissait. Il leur offrait toute une palette de couches apparentes qui n'attendaient plus que le coup de dent avide des gourmands. Texture aérienne, délicatesse des saveurs, onctuosité du glaçage à la feuille d'or et au chocolat. Anaïs allait se régaler, sous l'œil attendri de Bastien dont c'était le dessert favori et qui n'en perdrait pas une miette, pour le plus grand bonheur de sa mère.

Enfin des bruits de portes métalliques claquèrent dans la rue. Des voix se rapprochèrent, celle de Bastien invitant à faire attention aux pierres glissantes de l'allée, une autre lui répondant, agacée, qu'elle n'y voyait rien. Il n'y avait donc pas de lampadaire?

Nésilla s'empressa d'aller ouvrir la porte du porche pour leur apporter quelques gerbes de lumière. Elle plaqua sur son visage son sourire le plus avenant, celui qui plissait jusqu'aux yeux et les faisait pétiller.

— Entrez vite vous réchauffer, ordonna-t-elle gentiment. La nuit tombe vite à cette époque de l'année. Donnez-moi vos manteaux.

Elle tendit les bras en direction de la silhouette blonde qui venait de passer le seuil. Elle voulait bien faire, la mettre à son aise, lui faire croire qu'elle était la bienvenue.

— Je suis si contente de vous rencontrer, Anaïs, s'exclama-t-elle en dardant un regard curieux sur la nouvelle venue.

La jeune femme ôta sa pelisse grise avec une surprenante lenteur. Elle en ouvrit les boutons sans rien dire, sans sourire, comme s'ils étaient faits de soie fragile et méritaient toute son attention. Dessous elle portait une jolie robe en cachemire bleu qui épousait son corps élancé comme une seconde peau et la faisait paraître plus grande qu'elle n'était en réalité. Ses pieds chaussés de fines bottines à talons accentuaient cette impression de hauteur arrogante qui déstabilisa un instant Nésilla, habituée à plus de simplicité vestimentaire chez les précédentes conquêtes de son fils. Celle-ci était plus femme, plus mûre, et en y regardant de près, présentait autour de la bouche des marques dures qui attestaient qu'au moins dix années la séparaient de son compagnon. Et pas que des années de bonheur insouciant.

Quand il avait évoqué sa liaison avec Anaïs, Bastien avait simplement dit qu'elle venait de divorcer, que son mari l'avait trompée avec une autre femme et qu'elle partageait la garde de ses deux filles avec lui. Il n'avait jamais soulevé leur différence d'âge, avait à peine cité les gamines, Sonia et Laurie, comme s'il ne les connaissait que de nom. Il n'avait parlé que de la beauté d'Anaïs, de sa vivacité, son énergie, son assurance, lui qui toute son enfance s'était battu pour avoir confiance en lui.

Maintenant qu'elle la voyait en chair et en os, Nésilla devait reconnaître que la jeune femme avait de l'allure. Elle était chic mais pas guindée. Elle s'assit souplement dans le canapé qui s'offrait à elle et se lova sans fausse honte contre Bastien.

— Est-ce qu'un thé vous ferait plaisir? Ou préférez-vous un jus de fruit? Une bière?

— Un thé bien chaud serait parfait, merci.

Nésilla mit de l'eau à chauffer puis, en attendant que les bulles frémissent, elle apporta le dessert qu'elle avait si minutieusement assemblé.

— J'ai fait un Opéra, déclara-t-elle fièrement.

Elle attendait un regard de joie devant la pâtisserie raffinée, un sourire de gourmandise qui se pourlèche à l'avance. L'expression horrifiée qui se peignit sur la figure d'Anaïs la prit complètement au dépourvu. Que se passait-il ? Anaïs était-elle allergique au chocolat ? Avait-elle fait une bourde ?

— Je mange très peu de gâteaux, déclara sèchement la jeune femme. Seulement ceux que je confectionne moi-même.

— Je vous assure que mes gâteaux sont très bons, protesta Nésilla avec une timidité touchante qui laissa Anaïs raide comme une stalactite pétrifiée.

— Bastien m'a effectivement expliqué que vous étiez pâtissière et que vous aviez reçu plusieurs médailles pour vos créations. Cela n'empêchera pas que je ne toucherai pas votre gâteau.

— Même pas une petite part ? Vous n'avez pas faim ? insista Nésilla, désolée de voir son œuvre dédaignée sans raison.

— Un fruit à la rigueur, si vous en avez.

— J'ai quelques financiers qui me restent d'hier, proposa Nésilla.

— Des financiers! s'écria Anaïs. Quelle horreur! Je ne peux pas manger de financiers. Ca ruisselle de beurre et de blancs d'œufs.

— Oui, en effet, c'est la base de la pâte, répliqua Nésilla, qui ne comprenait pas le repli de la jeune femme. J'utilise du bon beurre de Normandie et des œufs bio, hasarda-t-elle, au cas où elle aurait affaire à une écologiste convaincue.

— Maman, intervint Bastien pour couper court aux questions qu'il voyait se former dans les yeux de sa mère. Anaïs est végan. Elle ne consomme aucun produit d'origine animale.

Nésilla en resta bouche bée, tellement son mode de vie, axé sur la pâtisserie et donc sur l'utilisation de produits de base pour elle aussi triviaux que le beurre, les œufs ou le miel, la transportait loin des adeptes du végétalisme intégral. Elle se hérissait bien sûr contre l'exploitation massive des animaux, elle luttait à son humble niveau contre les batteries ignobles de volailles entassées les unes sur les autres, elle n'achetait que des œufs de poules élevées en plein air, ou du beurre fermier issu de vaches laitières non confinées. Ses convictions ne l'emportaient pas plus loin.

Elle ne pensait pas que manger des œufs maltraitaient les poules. Un équilibre s'établissait, les poules pondaient. C'était dans leur nature de pondre, on ne les forçait pas. Alors, oui, les œufs qu'on leur prenait ne devenaient pas d'adorables petits poussins. Elles n'avaient plus rien à couver. Elles se remettaient à pondre. Est-ce que cela remettait en cause leur bonheur de poules ? se demanda-t-elle pendant un bref instant.

— Je suis désolée, finit-elle par lâcher. Je ne savais pas. Bastien ne m'avait rien dit.

Gênée d'avoir commis un impair aussi maladroit alors qu'elle aurait tant voulu plaire à la compagne de son fils, elle chercha désespérément un moyen de s'attirer sa sympathie. Elle voulut se montrer cordiale et proposa à Anaïs qu'elles se tutoient. Cela paraissait si naturel. Mais là encore, la jeune femme se tendit. Elle refusa, comme si elle faisait exprès de se retrancher derrière un mur infranchissable qui l'isolait dans un monde glacé sans chaleur sociale, sans partages conviviaux, aux règles strictes qui ne parlaient que d'indifférence aux désirs d'autrui. Elle s'y complaisait sans compromis.

— Je préférerais que nous continuions à nous vouvoyer, déclama-t-elle sur un ton sérieux qui ne prêtait pas à sourire. Nous ne nous connaissons pas suffisamment pour nous parler en intimes.

Nésilla eut du mal à ne pas manifester son irritation devant une marque de rejet si hostile. Elle réussit à retenir juste à temps le froncement de sourcils qui mourait d'envie de se dessiner en gros plan sur son front.

— Parlez-moi un peu de vous alors, afin que nous puissions faire connaissance, rétorqua-t-elle avec une dignité fière qu'elle puisa dans la volonté de lui être agréable, pour faire plaisir à son fils.

Si cela n'avait pas été pour lui, si Anaïs n'avait été qu'une inconnue croisée par hasard lors d'une soirée entre amis, elle se serait empressée de s'en éloigner. Elle n'aurait fait aucun effort. Pour Bastien, elle prit sur elle pour ne rien montrer. Elle se força à s'intéresser à Anaïs, tout en redoutant ce que la jeune femme allait lui révéler de plus à propos de son caractère ou de ses convictions. Adepte du véganisme, froide, hautaine, peu causante, le sourire absent. Que lui réservait-elle encore comme mauvaises surprises?

Ce fut Bastien qui répondit en premier, d'une voix enthousiaste bourrée d'admiration pour sa dulcinée:

— Je t'ai dit qu'on s'était rencontrés dans une pharmacie? Et pour cause: elle est pharmacienne.
— Plus précisément je suis pharmacienne homéopathe d'officine, rectifia Anaïs. Je fais partie de l'UPH, l'Union de la Pharmacie pour l'Homéopathie. C'est une association dont le but est de promouvoir la thérapeutique par les plantes auprès des pharmacies françaises. L'année d'après mon diplôme, j'ai décidé de me former aux médecines naturelles et complémentaires. L'homéopathie occupe une place incontournable. Elle est indispensable, d'une part pour aider à remplacer les médicaments chimiques testés en laboratoire sur des animaux. Et d'autre part parce que, parfois, elle constitue la seule façon de répondre à une demande spécifique, comme les coliques du nourrisson par exemple, ou les cauchemars de l'enfant.

La jeune femme, entraînée à parler de son métier, qu'elle semblait adorer, s'animait. Ses joues s'enflammaient. Ses yeux pulsaient. D'étranges lueurs s'y noyaient, qui flirtaient entre passion et fierté. Ce n'était plus la même femme. La rigidité polaire qui, depuis son arrivée, l'avait retenue prisonnière, telle une reine inaccessible et dédaigneuse au sommet de sa tour d'ivoire, s'envolait. Enfin elle montrait de l'enthousiasme, de l'éloquence, comme si elle reprenait vie.

— Le pharmacien d'officine tient un rôle central dans la vie des gens, pérora-t-elle. Il est bien souvent le premier professionnel de santé qu'un patient va consulter, en cas de désagréments ou de maux bénins. Avant même le médecin. Mais aussi lorsque le patient souhaite pouvoir bénéficier d'une thérapeutique en attendant une consultation. Il joue un rôle essentiel d'information et de prévention médicale.

Nésilla, médusée par le changement d'attitude d'Anaïs, sensible à l'aura déterminée qui se dégageait d'elle, comprit pourquoi elle avait réussi à séduire son fils. Les gens passionnés, brillants, qui savaient ce qu'ils voulaient et allaient de l'avant, sans avoir peur de s'égarer en chemin, l'attiraient. Son père avait été ainsi, fonceur, sûr de lui, même quand il faisait de l'esbroufe. Bastien en avait gardé une image idéalisée, signe à son avis d'un caractère bien trempé, qu'inconsciemment il cherchait à retrouver parmi les gens qu'il s'autorisait à fréquenter.

Anaïs interrompit son discours par un coup d'œil furtif en direction de sa montre. Aussitôt son visage s'éteignit, il se figea. Ses yeux devinrent furtifs et froids, d'une limpidité glauque qui aspirait les sourires.

— Bastien, tu as vu l'heure? s'écria-t-elle. Il faut qu'on y aille.

— Vous partez déjà? s'angoissa Nésilla en la voyant se lever et enfiler son manteau. Vous ne restez pas dîner?

Anaïs ne semblait pas l'écouter. Elle s'impatientait devant la porte, le col boutonné jusqu'au cou, avec Bastien derrière qui, docile comme un petit chien lèche-botte de sa maîtresse, la suivait de près.

— J'avais prévu de la viande mais j'ai de quoi faire une salade composée entièrement végétale, insista Nésilla, choquée de les voir partir si vite, incapable de trouver d'autres arguments pour les faire rester.

— Nous voulons aller au cinéma ce soir, répondit Bastien avec un élan désinvolte qui se planta en plein dans le cœur de sa mère, un élan inconscient qui faisait mal parce qu'il ne tenait pas compte de son soudain désarroi.

Nésilla ne comprenait pas. Ils étaient arrivés peu avant dix-huit heures, pour repartir à peine une heure plus tard, parce qu'ils voulaient aller au cinéma? Un flot de questions mécontentes s'abattit en tempête dans sa tête. Pourquoi ce soir? Pourquoi à cette séance? Le film qu'ils souhaitaient voir ne passait-il donc que ce dimanche-là? C'était l'unique excuse qu'elle put trouver pour se voir traiter de façon si cavalière, et cela n'effaçait pas la rancœur. N'auraient-ils pas pu avoir l'élégance d'arriver plus tôt? songea-t-elle tandis qu'elle suivait des yeux la trajectoire des phares de leur voiture qui s'échappait à toute vitesse dans la nuit. Ils formaient comme un point d'interrogation rouge, une menace vague qui n'en était qu'aux prémices, mais refusait de se laisser oublier.

Des larmes acides dégringolèrent au coin des paupières de Nésilla, lourdes de déception, d'incompréhension. Quelques-unes se gonflèrent de colère car, elle en était sûre, ce n'était pas de la faute de Bastien s'ils étaient arrivés si tard. Il n'avait pas dû faire attention. C'était Anaïs qui avait traîné, parce qu'elle ne s'intéressait qu'à son précieux nombril et n'avait pas envie de passer plus de temps avec la mère de son compagnon que le minimum nécessaire pour sacrifier à la politesse de base.

Elle n'avait posé aucune question à Nésilla, sur son métier, sur l'enfance de Bastien, à quoi elle occupait ses loisirs. Elle ne s'était animée que pour parler de son véganisme et de sa vocation de pharmacienne homéopathique, tandis que Bastien la couvait amoureusement des yeux. A cause d'elle, Nésilla n'avait vu son fils que pendant soixante malheureuses minutes. Elle ne savait pas comment il allait, quels étaient ses projets. Elle avait à la place pris en plein ventre le coup de poignard de son regard subjugué, le regard d'un homme béat qui ne se ressemble plus, qui tord le cou à ce qui le résumait avant, pour s'engager dans une voie toute neuve, aux côtés d'une fille brillante qui devenait son soleil, son point d'ancrage, son refuge. Au détriment de sa mère. C'était hélas dans l'ordre des choses. D'abord seuls repères de leurs rejetons, les parents devaient un jour céder la place, et s'effacer.

Une nouvelle cascade de larmes vint brouiller les yeux de Nésilla. Elle s'affala sur le canapé du salon. Elle n'avait pas le courage de débarrasser la table qui, à elle seule, symbolisait l'échec de sa rencontre avec Anaïs. Un véritable cauchemar. Un désastre irréparable. Elle avait pourtant essayé de bien faire. Son Opéra était onctueux à souhait, Bastien s'en était d'ailleurs servi deux grosses parts dont il n'avait laissé aucune miette dans son assiette. Celle d'Anaïs, au contraire, gémissait de solitude. Elle restait propre, désespérément inutilisée, dédaignée par une adepte d'une nouvelle religion de la nourriture.

Nésilla se coupa un morceau du gâteau à étages. Elle n'allait pas lui permettre de se perdre, ou se laisser abattre à se morfondre d'ennui, le ventre vide. Elle ne connaissait rien de mieux que la gourmandise-gourmet pour lutter contre les larmes, comme si les couches alternées de crème au café et de ganache au chocolat les absorbaient peu à peu, en proclamant combien c'était bon. Après tout Bastien demeurait gourmand. C'était de famille. Sa mère savait fabriquer d'extraordinaires gâteaux dont il ne pourrait pas se passer. Il faudrait bien qu'il revienne.

Le cœur comme un Mille-feuille

Une famille, c'est comme un jardin. Si on n'y fout pas les pieds, ça se met à pousser à tire-larigot, ça meurt d'abandon.

(Serge Joncour)

Nésilla se coucha avec au ventre une surcharge pondérale qui devenait d'heure en heure de plus en plus écœurante. A vomir. Vomir ce goûter raté. Cette rencontre si décevante avec Anaïs. L'effacer. La régurgiter. En espérant que la prochaine fois elle passerait mieux.

Elle avait mangé une première portion d'Opéra par souci de ne rien gâcher, par habitude, pour qu'il ne se perde pas. La seconde part l'avait aidée à accepter sa déception. Elle en avait dégusté une troisième par rancune contre Anaïs qui, à cause d'une croyance à la mode, s'était refusée ce plaisir si simple et pourtant si goûteux. Une couche fondante de chocolat. Une crème au café. Des amandes plein la bouche. Nésilla, elle, ne se refusait pas ce bonheur délicieux.

Par bravade, par vengeance, parce que c'était diaboliquement bon, et que c'était elle qui l'avait fait, elle avait fini le gâteau en guise de dîner. Pour s'en repentir quelques heures plus tard, sous l'assaut des ondes brûlantes qui traversaient son ventre beaucoup trop gavé de sucres et de graisses aux couleurs de ses désillusions.

Il était bien temps de s'en lamenter. Sa goinfrerie n'était pas une réponse. Anaïs était une adepte acharnée du véganisme. Eh bien soit. Nésilla aurait beau dévorer les gâteaux les plus savoureux au bon goût d'œufs frais et de crème animale, à s'en faire éclater la panse, elle n'arriverait pas à la faire changer d'avis. C'était donc à elle, la pâtissière professionnelle, aux mains drapées de miel, la belle-mère négligée par les élans d'une nouvelle génération passionnée, de s'ouvrir aux croyances tendance.

Pour la prochaine visite d'Anaïs, elle rattraperait ses erreurs. Elle lui fabriquerait un dessert en utilisant uniquement des produits d'origine végétale. Une amie au régime lui avait parlé d'une recette de gâteau au chocolat à base de courgettes pour donner de la rondeur. La pâte ne serait jamais aussi épanouie que celle d'un vrai gâteau gonflé au beurre mais Nésilla était prête à tricher, à s'adapter, s'il le fallait, pour l'amour de son fils.

Emportée par son élan créatif, elle eut l'idée d'une préparation mêlant une mousse de noix de coco montée avec du lait d'amande, et la fraîcheur de morceaux d'ananas rôtis au rhum, le tout enrobé dans une génoise au yaourt de soja. Bien fouetté, le yaourt donnerait de la légèreté, qui pourrait même être utilisée pour monter une bûche. A l'approche des fêtes de Noël, un atout si prometteur n'était pas à dédaigner et Nésilla décida de proposer à son patron sa nouvelle idée de bûche végétale. Le véganisme était une mode qui séduisait. Elle touchait de plus en plus d'adeptes qui, heureusement, ne se privaient pas de dessert. On pouvait être végan et gourmand. Il y avait là une source de revenus non négligeables à engranger.

Pleine d'enthousiasme, Nésilla se voyait déjà fêter Noël dans son salon, avec Bastien, Anaïs et sa famille. Elle les surprendrait avec des mignardises fourrées aux amandes et au soja, parfumées aux fraises, aux citrons acidulés ou aux mangues exotiques, pour un contraste saisissant, qui ferait bonne impression, même aux plus forcenés des croyants.

Elle se prit presque à rire, stimulée par ce curieux défi lancé à son besoin jamais rassasié de créer de nouvelles associations dans ses pâtisseries. Elle adorait mélanger les saveurs, innover, suivre les saisons ou au contraire, cuisiner avec des pommes au printemps et des framboises en novembre. Le but était de se renouveler, de surprendre. Alors finalement qu'importait le véganisme d'Anaïs? Elle y trouvait un challenge inédit. Une source inattendue d'inspiration.

Les idées fourmillaient dans sa tête. Elle avait hâte de se mettre au travail. Quand Anaïs reviendrait, elle confectionnerait deux gâteaux différents au cas où la jeune femme ferait la difficile. Elle les gaverait de fruits puisque la jeune femme les aimait. Elle jouerait à la belle-mère parfaite.

* * *

Quand Bastien lui téléphona le mardi suivant, à vingt heures, comme tous les mardis, Nésilla lui demanda sans prendre de gants:

— Quand est-ce que vous venez ce week-end?

C'était le soir où il l'appelait de préférence. Il profitait des quelques minutes qui séparaient son appartement de la salle de sports où il jouait au squash une fois par semaine.

— On ne vient pas, répondit-il sur un ton qui résonna sèchement aux oreilles de Nésilla, peut-être parce que ses mots définitifs rebondissaient contre le bitume au rythme de ses pas rapides. On va chez la maman d'Anaïs.

— Tout le week-end?

— Les filles d'Anaïs seront avec nous et elles adorent leur grand-mère, rétorqua Bastien comme si cela expliquait tout.

— Moi aussi elles m'adoreraient peut-être si elles me connaissaient, rétorqua Nésilla. Les enfants adorent leurs grands-parents, surtout ceux qui les gâtent.

— Tu n'es pas leur grand-mère, elles n'ont rien à voir avec toi, protesta Bastien d'une voix molle qui prouvait qu'il n'était pas vraiment convaincu par ce qu'il disait.

Il n'avait pas pris la peine d'y réfléchir. Il répétait sans doute pieusement ce qu'Anaïs lui avait inculqué.

Nésilla n'aimait pas ce sentiment trouble qu'elle avait du mal à préciser mais qui s'insinuait sournoisement dans ses veines et gagnait en profondeur. Cette impression à la fois humiliante et angoissante que la nouvelle compagne de son fils n'avait pas l'intention de lui faire de place dans sa vie bien réglée. Le dimanche précédent elle avait daigné accorder une heure d'entrevue à cette intruse cinquantenaire qui osait réclamer quoi au juste? Un peu d'attention? La visite de Bastien? Qui souhaitait connaître la femme dont il était tombé amoureux? Elle avait donné son accord pour une heure, par politesse. Elle devait considérer que c'était déjà trop et qu'on ne l'y reprendrait plus. Elle avait bien autre chose à faire.

— Pourquoi donc? s'écria Nésilla. Parce que tu n'es pas le père de Laurie et de Sonia? Tu habites avec elles, n'est-ce pas? Chaque semaine du lundi au vendredi, et un week-end sur deux?

— C'est exact.

— Tu tiens donc de la place dans leur vie. Peut-être pas en tant que père de remplacement. Mais tu es une figure masculine qui compte pour elles, et tu as une mère. Alors pourquoi ne pourrais-je pas les connaître?

— J'en parlerai à Anaïs, soupira Bastien. Pour ce week-end, c'est arrangé comme ça. Mais tu as raison. La prochaine fois, on partagera.

Le même soupir attristé résonna dans la gorge de Nésilla, à l'autre bout du téléphone. Une chape de silence les enveloppa tous les deux, leur rappelant l'absence du pilier qui les avait si longtemps soutenus l'un et l'autre et les avait laissés doublement orphelins. D'un père pour

Bastien. D'un mari pour Nésilla. La souffrance les avait pris aux tripes avec la même morsure impitoyable. Ils avaient vomi des torrents de larmes. Dans leurs yeux atrophiés avaient régné la même lueur éteinte, le même manque d'énergie, le même désespoir. Quand le cercueil avait plongé dans le trou qui voulait proclamer que Jean-Baptiste ne reviendrait pas, ils avaient uni leurs mains, avant d'unir leurs corps dans une étreinte larmoyante qui soudait leur détresse.

— Je ne suis pas en compétition avec le père des filles, murmura Bastien en s'extrayant le premier de cette minute de silence qui avait sonné comme un hommage au disparu Jean-Baptiste. Il y a Jérôme. Et il y a moi. Je suis en plus, un père numéro deux, plus proche d'un grand frère d'ailleurs, en comparaison des quarante ans de Jérôme. C'est quand même mieux d'avoir deux hommes que plus du tout.

Comment hésiter entre le vide dans lequel il n'y a rien à puiser ou le trop plein qui déborde et parfois étouffe? Nésilla se doutait pourtant que ce n'était pas si facile, que le choix n'était pas toujours évident à saisir.

— Elles doivent avoir du mal à trouver un équilibre entre vous deux. Donner son rôle à chacun. Définir sa place en fonction de ces rôles. C'est une tâche difficile.

— C'est quand même Jérôme qui est parti de la maison pour s'installer avec sa nouvelle compagne. C'est lui le responsable qui a choisi d'endosser le mauvais rôle de l'histoire.

— Il reste leur père malgré tout. J'aimerais beaucoup les rencontrer. Quand est-ce que tu me les amènes?

— Je ne sais pas encore. Ce week-end, on va chez la mère d'Anaïs. Le week-end prochain, elles sont chez Jérôme.

— Alors tu pourrais venir dîner vendredi soir avec Anaïs, s'empressa de suggérer Nésilla. Une fois que leur père aura récupéré les filles. Je préparerai un menu entièrement végan. J'ai plein d'idées.

— Je me doute que tu as plein d'idées. C'est ton truc, ça, la cuisine.

— Mais? coupa Nésilla qui sentit l'hésitation poindre par-dessus les compliments de son fils.

— Le week-end prochain, Anaïs et moi comptons profiter de ne pas avoir les enfants pour nous offrir une sortie en amoureux, expliqua Bastien. Anaïs ne travaille pas samedi, alors je l'emmène passer deux nuits au bord de la mer.

— En décembre?

— C'est le moment idéal: la lumière est tellement rasante que les bleus du ciel et de l'eau se mélangent. Il n'y aura personne à part nous pour en profiter.

— C'est Anaïs qui dit ça?

— Elle adore aller à la mer à cette période de l'année. Souhaite-nous du beau temps, maman. Je t'embrasse.

Le premier mouvement d'humeur de Nésilla fut d'appeler la pluie à la rescousse. Pas une bruine sournoise qui ne fait que brouiller le paysage marin en lui donnant un air trouble encore plus mystérieux. Non, elle souhaitait une pluie de tempête, un déluge déchaîné qui empêcherait les deux tourtereaux de sortir de leur voiture et les pousserait à rentrer quelques heures plus tôt que prévu, en leur faisant miroiter combien une halte gourmande chez elle serait la bienvenue.

Ce ne fut qu'un éclair. Le bon sens, la raison, l'amour maternel, balayèrent l'étincelle de rancune qui voulait se la jouer rebelle méchante. Nésilla sursauta. Elle avait l'impression d'avoir déjà vécu cette scène affreuse, le jour où Bastien s'était cassé la jambe, et où elle s'était réjouie pendant une minute parce que sa blessure l'immobilisait et le maintenait auprès d'elle. Pendant soixante odieuses secondes, elle avait laissé de côté la souffrance de son fils pour égoïstement ne penser qu'à elle, et à sa joie de l'avoir de nouveau tout à elle, comme quand il était bébé et impuissant, incapable de la quitter pour aller jouer toute la journée avec ses amis. Secondes honteuses, bourrelées de remords, dont elle ne s'était jamais débarrassée.

Bastien avait alors quinze ans. Il n'était pas souvent à la maison, il commençait à s'intéresser aux filles, aux discussions éternelles entre copains sur les bancs des abri-bus. Jean-Baptiste était mort quelques mois plus tôt et Bastien n'avait plus envie de se coltiner le désespoir de sa mère du matin au soir. Il avait besoin de laisser son père s'éloigner dans un coin de sa mémoire, pour à la place vivre sa vie. Parce qu'elle était courte, si précieuse et en même temps si fragile. La mort brutale de Jean-Baptiste lui avait au moins appris qu'il fallait en profiter avant qu'il ne soit trop tard, parce qu'on ne savait pas quand tombait le couperet fatal.

Nésilla n'avait quant à elle pas pu plonger dans l'avenir flamboyant que l'adolescence offre si fougueusement. Elle avait bien tenté de refouler le passé, de tourner la page, mais le futur pour elle n'avait pas d'emprise. Il n'existait pas, il était sans consistance, sans épaisseur. Tel un trou noir tournant en orbite sans qu'on puisse voir ce qui se trame à l'intérieur, avalant les rêves, s'en nourrissant, s'en glorifiant. Alors elle s'était rabattue sur le présent, c'est-à-dire sur son fils.

Elle se servait de lui pour combler le vide laissé par le défunt.

Les premières semaines, Bastien s'était laissé faire. La mort de son père lui avait ôté toute énergie, comme si une partie de lui avait disparu en même temps. Ils avaient pleuré ensemble, la mère et le fils. Ils s'étaient épaulés dans le chagrin. Puis, peu à peu, la vie, l'envie, avaient circulé de nouveau dans les cellules de Bastien. L'entrain, la fougue, le désir de passer à autre chose.

Il s'était éloigné de la maison et de Nésilla. Elle avait ressenti cet abandon comme une seconde trahison, d'autant plus poignante qu'elle n'avait rien pu faire pour s'y opposer. De même que Jean-Baptiste s'était éteint malgré tout son amour, de même Bastien déployait ses ailes de jeune homme brûlant de creuser les fondations sur lesquelles se bâtirait son existence. C'était de son âge, c'était normal. Son temps à elle était révolu.

Alors, quand sa jambe s'était brisée à la suite d'une mauvaise chute à vélo et lui avait imposé de demeurer au chaud, à l'abri dans sa chambre, elle en avait profité pour le dorloter. Elle avait eu l'impression délicieuse de replonger dans les années où il était enfant, dépendant d'elle, comme si le temps était retourné en arrière. Elle avait de nouveau été heureuse. Elle lui avait montré combien elle l'aimait et l'aimerait toujours.

Elle ne lui avait jamais avoué que, pendant soixante malheureuses secondes, elle avait remercié le destin qui lui rendait son fils. Elle ne voulait plus se souvenir de sa honteuse défaillance née d'un trop-plein d'amour, d'un désespoir trop grand. Elle en avait joui en silence, en emmagasinant tout ce qu'elle pouvait prendre. Puis, quand sa jambe avait été guérie, elle l'avait laissé s'envoler de nouveau sans une plainte. Elle savait qu'elle n'aurait pas une seconde chance. Elle s'était résignée.

Malgré son appartement en ville, il la voyait régulièrement. Il aimait venir manger chez elle. Elle savait si bien cuisiner. Il avait apprécié chacune de ses visites. Mais c'était des visites de célibataire qui dîne avec sa mère car il n'a pas de femme chez lui pour le retenir. Maintenant qu'il vivait avec Anaïs, le lien qui l'avait tenu accroché pas trop loin de Nésilla semblait se détendre à nouveau, comme prêt à casser sous les coups inquisiteurs de la nouvelle femme de sa vie qui, en tant qu'amoureuse, exigeait toute la place. Nésilla était laissée de côté. Bastien avait désormais mieux à faire que de venir dîner avec elle. Il préférait s'offrir des balades romantiques avec sa dulcinée sur les falaises et les plages de la côte méditerranéenne. Et c'était dans l'ordre des choses, se dit Nésilla. Qui était-elle pour leur souhaiter du mauvais temps qui gâcherait leur escapade? Une mégère incapable de se réjouir des espoirs de son fils? Une mère possessive jalouse de son bonheur? Elle l'aimait. Elle lui souhaitait le meilleur de ce que la vie pouvait lui donner.

Fallait-il pour autant que cet accomplissement se fasse à son détriment à elle? Elle ne voulait pas anéantir leur week-end en amoureux, elle souhaitait juste le raccourcir de quelques heures, afin de pouvoir participer un peu à ce bonheur qu'ils partageaient. Voir son fils, c'était tout ce qu'elle demandait. Deux heures de moins passées au bord de la mer brumeuse de décembre, pour les passer auprès de moi, se disait-elle. Etait-ce trop rêver? J'existe, comme la mer existe, et disparaît quand la nuit bascule. Ils en auront déjà bien profité. Et moi, je suis là. Je les attends. J'ai besoin de lui.

* * *

La pluie tant espérée refusa de devenir la complice inspirée de Nésilla. Elle préféra se réfugier dans ses yeux. Elle dégringola larme après larme, en un plongeon amer qui semblait n'avoir pas de fin, et ajoutait une couche pour chaque semaine qui s'écoulait sans qu'elle voit Bastien.

Noël s'approchait à pas d'ogre pressé. Il givrait les pelouses des jardins, bourrait d'étincelles et de boules clignotantes les lampadaires des rues et les frontons surchargés des maisons. Il transformait les gâteaux ronds des pâtisseries en cylindres fondants savamment agrémentés de couleurs appétissantes.

Le patron de Nésilla avait approuvé son idée de bûche végan au coco et à l'ananas flambé, et lui demandait de faire des heures supplémentaires pour pallier à la demande exponentielle des commandes à l'approche des fêtes. Elle acceptait pour s'occuper. Elle n'avait toujours pas revu Bastien depuis son passage-éclair destiné à lui présenter sa compagne.

Le week-end suivant le voyage sur la Côte d'Azur, Bastien, Anaïs et ses deux filles se rendirent dans la maison Decongre où Marianne, en tant que grand-mère maternelle de Sonia et Laurie, avait la préférence et se gavait de leur présence. Nésilla de son côté accueillait les heures additionnelles passées à étager les couches de génoise entre deux giclées de mousse ou de crème comme un dérivatif bienvenu, mais la blessure causée par la désertion de son fils ne se refermait pas. Si encore il n'avait été question pour lui que de se retrouver avec Anaïs, Sonia et Laurie. Pour resserrer leurs liens, fonder un foyer chaleureux, consolider leur petit nid d'amour. Elle l'aurait accepté, comme elle avait compris leur désir de profiter en amoureux des week-ends où les filles d'Anaïs déménageaient chez leur père. Ils avaient besoin tous deux de se créer des moments ensemble, rien qu'à eux, pour consolider leur relation à l'aide de souvenirs inoubliables. Puisqu'ils n'avaient pas eu de vie en commun. Puisque dès le départ Sonia et Laurie s'étaient implantées en travers de leur liaison. C'était le ciment de longévité de leur couple qu'ils construisaient à coups de week-ends complices en l'absence des filles. Un week-end sur deux. Les week-ends des semaines paires.

Mais se prendre en pleine poitrine, en pleine tête, que les week-ends impairs se déroulaient invariablement chez la mère d'Anaïs, c'était trop difficile à accepter. D'une injustice à avoir envie de hurler jusqu'au ciel. Pourquoi Marianne et pas moi? se révoltait Nésilla. Pourquoi tout pour elle et rien pour moi?

Au large dans son grand lit vide, elle laissait le désespoir l'envahir. Le manque de Bastien. La fureur. Les éclairs laiteux des étoiles se glissaient par la fenêtre de la chambre et parlaient de mirages argentés, de mondes lunaires où le silence imposait sa loi. Depuis la mort de son mari, elle ne fermait plus les volets. Elle ne voulait pas rester dans le noir, seule à lutter contre l'invisible. Il perdait un peu de son pouvoir de faire du mal quand il peinait à se cacher.

Elle avait appris à dormir dans la lumière. La nuit n'était jamais complètement obscure. Les flashs des phares des voitures la zébraient, les lampadaires alignés le long des trottoirs accumulaient des halos troubles qui repoussaient les ténèbres, et la solitude.

Nésilla s'enfonçait dans le sommeil malgré la clarté bombardée dans ses yeux. Elle l'aimait car elle éliminait la peur. Elle aimait regarder les étoiles lui sourire à travers les carreaux vitrés de la fenêtre. Elles la rassuraient. Elles lui tenaient compagnie. Elle aimait leur parler, parce qu'elles ne répondaient jamais. Une oreille muette apporte souvent plus de réconfort qu'une bouche bavarde toujours avide de juger, conseiller, critiquer. L'essentiel consiste parfois à s'écouter s'épancher, pour s'éclaircir le cerveau, rogner les arêtes des soucis. Juste raconter.

Les yeux fixés sur le rectangle bleuté de la fenêtre qui diffusait comme une caresse tremblante sur les meubles, Nésilla épancha sa peine. Elle l'analysa. Elle ne trouva pas les mots qui font du bien.

La rançon du Succès

Les souvenirs sont des impasses que sans cesse l'on ressasse.
(Valérie Perrin)

Bastien brava les flocons de neige qui s'étaient amoncelés sur le sol encore chaud pris par traîtrise. Il laissa Anaïs, Sonia et Laurie proposer une partie de petits chevaux à Mamie Marianne. Il n'hésita pas. Il n'avait pas envie de jouer. Il quitta la maison, grimpa dans sa voiture, tapa ses pieds l'un contre l'autre pour faire tomber la couverture duveteuse qui déjà s'accumulait par plaques compactes. Il ne pouvait pas reculer, rester là chez la mère d'Anaïs à s'ennuyer alors que sa propre mère ne l'avait pas vu depuis plusieurs semaines.

La culpabilité lui était tombée dessus quand il avait compris qu'Anaïs n'abandonnerait pas Marianne dans ses habitudes. Un lien très fort, presque possessif, les unissait toutes les deux depuis que Philippe Decongre avait refait sa vie avec une autre femme. Avec la fuite de son mari, toutes les certitudes de Marianne avaient explosé. Elle avait sombré dans une forme d'hystérie enfantine qui avait obligé Anaïs à inverser les rôles. La fille avait soutenu la mère. Elle était retournée vivre quelques mois avec elle pour ne pas la laisser affronter seule les démons de la trahison.

Son amour filial était devenu un amour maladif qui prenait ses racines excessives dans son besoin de la materner. Ayant été abandonnée quelques semaines plus tôt par Jérôme, elle s'estimait la personne la plus apte à aider Marianne. Leur cauchemar était le même, leurs maris étaient des traîtres et des lâches.

Elle s'était accrochée à ce sauvetage d'une âme au désespoir pour se sortir elle-même de sa déchéance. Puiser dans ses ressources mentales pour réconforter sa mère l'aidait à lutter contre ses regrets personnels, et contre cela, Bastien savait qu'il n'y avait rien à faire. Le temps avait comblé la douleur, mais ce qu'elles avaient souffert les avait trop étroitement liées pour qu'elles renoncent à leurs week-ends bimensuels passés ensemble. S'y ajoutait la présence si envahissante de Sonia et Laurie, qui aidaient Marianne à continuer à rire, grâce à la fougue de leur jeunesse et de leur exubérance.

Il n'était évidemment pas question de priver la grand-mère divorcée de ce réconfort familial. Bastien avait abandonné l'idée de persuader Anaïs et ses deux filles de remplacer un week-end chez Mamie Marianne par un voyage chez Nésilla. Cependant elle aussi avait besoin de sa part de visites. Son fils lui manquait, et cette culpabilité-là pesait trop lourd.

Bastien avait donc résolu de se rendre chez elle, seul, accompagné simplement par les grappes de flocons qui bombardaient son pare-brise en silence, sans hâte, sans animosité. Ils s'écrasaient en douceur, plus moelleux que de l'ouate. Ils étouffaient les bruits. Ils transformaient le paysage qui défilait devant les yeux de Bastien en un ballet féerique noyé de blanc et de brume, d'une tendresse apaisante qui donnait envie de s'émerveiller.

Nésilla le reçut dans ses bras grands ouverts comme on reçoit un cadeau fabuleux. Elle le retint sur le perron enguirlandé tandis que les cristaux de coton se déposaient sur leurs cheveux et leurs épaules. Comme si elle n'arrivait pas à croire qu'il avait laissé sa femme pour venir la voir. Comme si l'apparition de son fils émergeant des flocons prenait l'allure d'un miracle.

— Maman, si tu me faisais rentrer au chaud?

Heureuse comme elle ne l'avait plus été depuis longtemps, Nésilla avait du mal à lâcher son fils des yeux. Elle le poussa dans le salon, lui ôta son manteau tout brillant de neige pour l'accrocher devant un radiateur, et revint vite s'asseoir face à lui, pour s'assurer qu'il était bien là, qu'il avait fait l'effort de se déplacer, qu'il n'allait pas repartir tout de suite.

— Merci d'être venu me voir, malgré toute cette neige, s'exclama-t-elle. Si tu savais…

— Je sais, maman, coupa Bastien. J'aurais dû prendre la décision de venir tout seul beaucoup plus tôt. Il m'a fallu du temps pour comprendre à quel point Anaïs et Marianne ont besoin l'une de l'autre.

— Au point de ne pas être capables de partager un petit peu? s'enquit Nésilla avec une note de doute dans la voix. Les familles s'agrandissent. Il en faut pour tout le monde.

— Elles ont toutes les deux été abandonnées par leurs maris, pour d'autres femmes. Elles ont beaucoup souffert, Anaïs d'abord, puis Marianne quelques semaines plus tard. A croire que la décision de Jérôme a influencé Philippe. Elles se sont épaulées avec une telle constance que je me demande si un instinct de possessivité un peu maladif ne s'est pas enfiché entre elles. Le problème, c'est qu'Anaïs m'a rencontré, mais que Marianne, elle, reste seule. Alors Anaïs culpabilise et se sent obligée d'aller la voir aussi souvent que possible. Et puis il y a les filles.

— Je n'ai jamais dit qu'il fallait priver Marianne de sa famille. Bien sûr qu'elle a besoin de la voir. Mais moi aussi j'en ai besoin. Moi aussi j'ai perdu mon mari. Moi aussi je me retrouve seule.

Nésilla sentait son sang qui bouillonnait dans ses veines, un sang de révolte qui ne comprenait pas, qui refusait de comparer et d'avoir à départager. Bastien sous-entendait-il que, parce que Marianne s'était fait quitter par son mari, elle souffrait davantage qu'une veuve? Que croyait-il? Qu'en plus de la perte d'un être cher, le fait d'être abandonnée pour une autre femme donnait la priorité dans le chagrin, parce que s'y ajoutaient la honte, la colère, l'incompréhension? Qu'est-ce qui pouvait être pire que la mort? Il n'y avait rien de plus imprévisible, de plus implacable et surtout de plus injuste. Comment envisager qu'un divorce, même anéanti par un adultère, pouvait faire plus mal encore que le couperet irrémédiable du destin?

Quand Jean-Baptiste s'était écroulé devant elle, terrassé par une rupture d'anévrisme foudroyante qui avait soudain inondé de sang son cerveau, Nésilla avait hurlé encore et encore, à la mort, comme une louve torturée. Elle avait vomi sa voix. Elle avait craché ses larmes. Qu'est-ce qui pouvait être pire que cette douleur-là? L'homme en compagnie de qui elle avait bâti sa vie s'était effacé d'un coup, brutalement. Un instant il était là, souriant, un peu souffrant depuis quelques jours de légères migraines. Rien d'inquiétant. Et la minute d'après, il était par terre, sans que rien ne l'ait annoncé, sans rien pour s'y préparer.

Marianne avait-elle crié à se taper la tête contre les murs quand son mari avait claqué la porte de leur domicile? N'avait-elle pas cherché à comprendre pourquoi il s'était tourné vers une autre femme? N'avait-elle pas cherché à le retenir? A le faire revenir? Et devant son échec, ne s'était-elle pas mise à l'invectiver, à l'affubler d'insultes odieuses, à le détester? Avant de finir par sombrer dans une forme d'indifférence qui pouvait lui faire accepter qu'elle était finalement mieux sans lui?

Comment faire revenir un corps emprisonné au fond de sa tombe? Avec la mort s'éteint l'espoir. Marianne, elle, pouvait garder au cœur l'espoir de revoir Philippe, à défaut de le reconquérir. Il n'y avait pas de fatalité écrasante qui réduisait en bouillie. La vie continuait. L'infidélité du mari était dure à encaisser, mais moins amère que la trahison que la vie inflige quand elle se coupe brusquement, sans un signe.

Les médecins par la suite avaient expliqué à Nésilla que Jean-Baptiste était mort à cause d'une malformation congénitale non détectée. La paroi de son artère carotide droite, trop fragile, avait fini par se rompre, déclenchant une hémorragie intracrânienne aussi dévastatrice qu'un tsunami à l'échelle des côtes d'un pays. Le tsunami avait aussi ravagé Nésilla. Elle avait voulu partir, tout abandonner, fuir, pour puiser la force qu'elle ne trouvait pas dans son environnement quotidien. Elle était restée pour Bastien. Elle n'avait pas pu le quitter. Il ne le lui aurait jamais pardonné.

Marianne, elle, s'était tournée vers sa fille. Anaïs, plus forte, avait endossé le rôle de sa génitrice. Elle était devenue mère à la place de la sienne. Elle l'avait remplacée. Quelle ironie de réaliser que ce lien puissant qui l'avait sauvée et perdurait empêchait Anaïs de se rendre compte qu'il y avait une deuxième mère qui comptait sur elle.

— Je crois que je suis jalouse de Marianne, avoua Nésilla. Parce que la relation qu'elle entretient avec sa fille est unique, et que jamais je ne pourrai avoir la même. Je passerai toujours en numéro deux. On peut même dire que pour l'instant, c'est comme si je n'existais pas.

— Maman, je t'en prie, protesta Bastien. Laisse-lui un peu de temps.
— De temps pour quoi? rétorqua Nésilla. Pour prendre conscience que ta mère est toujours en vie et qu'une visite de temps en temps lui ferait plaisir? Ou pour accepter l'idée qu'un partage est nécessaire? Si tu décides de faire ta vie avec Anaïs, il va bien falloir que je la connaisse. Et j'en ai envie puisque tu l'aimes. Enfin, c'est surtout toi que je veux voir, mon chéri, enchaîna-t-elle pour changer de sujet, parce qu'elle avait peur de se laisser aller à dire du mal d'Anaïs et de la rendre responsable de la situation. Est-ce que tu restes dîner ce soir?
— Je reste dîner, je dors dans ma chambre, et je partirai demain matin. A quelle heure est-ce que tu embauches à la pâtisserie?
— A six heures.
— Je partirai en même temps que toi pour rejoindre Anaïs et les filles.

* * *

La soirée s'écoula dans une complicité tranquille qui fit beaucoup de bien à Nésilla. Elle était si heureuse de pouvoir profiter de son fils, même quelques courtes heures. C'était mieux que rien, c'était puissant, c'était bon. Qu'importait finalement qu'Anaïs ne soit pas venue. C'était même préférable. Nésilla avait ainsi Bastien pour elle toute seule. Elle n'était pas obligée de partager son attention entre deux personnes. Elle pouvait poser des questions qui s'enfonçaient dans les sentiments. Avouer son désarroi, s'en plaindre, ce qui aurait été impossible en présence d'un tiers. Sans compter que si Anaïs avait été là, elle aurait dû improviser un repas végan qui n'aurait pas été à la hauteur de ce qu'elle espérait pour son fils. A la place, ravie de l'aubaine, elle servit une entrecôte de bœuf bien saignante assaisonnée d'une sauce au roquefort qui fit frémir Bastien de joie.

— Maman, tu es la meilleure cuisinière du monde, s'écria-t-il. Anaïs arrive à mitonner des plats appétissants avec du tofu, des steaks de soja et des graines de toutes sortes. Mais rien n'arrive à la cheville du fondant d'une viande et du savoureux d'un fromage.

— Elle ne t'a donc pas complètement endoctriné? voulut savoir Nésilla.

— Elle a ses convictions, et je suis d'accord avec elle sur le principe. La maltraitance des animaux est intolérable. Notre façon de les tuer aussi. De là à refuser tout ce qui sort de l'animal, il y a un pas que je ne suis pas encore prêt à franchir. Je continue à prendre du beurre ou du miel au petit déjeuner, je déguste de la viande ou du poisson le midi avec mes collègues. Par contre les soirs, je mange la même chose que les filles.

Nésilla fut surprise qu'Anaïs fasse preuve de tolérance et n'impose pas à Bastien de suivre de façon plus stricte la doctrine végétalienne. C'était un point qui s'accumulait en sa faveur, le premier, rectifia-t-elle. Elle trouva le courage de s'en réjouir. La nourriture était pour elle si importante, un peu comme une condition essentielle au bonheur. Elle mettait tout son savoir-faire dans la pâtisserie, tout son amour. C'était sa manière de retenir les gens, de les attirer vers elle.

Cette passion était née dans son enfance, lorsqu'elle s'était rendu compte que ses gâteaux remportaient les compliments de sa mère, pourtant si avare quand il s'agissait de montrer ses sentiments. Peut-être parce qu'en dehors d'elle-même, elle n'aimait personne. Son mari travaillant à l'autre bout du pays du lundi au vendredi et s'échappant les week-ends pour assister à des matchs de football avec ses amis, il était devenu difficile de continuer à l'inclure dans ses émotions. Quant à chérir ses deux filles, cela demandait des efforts que Florence Pescade n'avait pas voulu faire. Sa passion à elle, c'était les bébés. Elle adorait les prendre dans ses bras, comme si c'était des poupées. Les bercer, jouer avec leurs membres souples et potelés, les transporter en promenade dans leur landau, susciter l'admiration des copines qui s'extasiaient sur leurs joues soyeuses, leur petit nez adorable, les billes rondes de leurs yeux braqués sur un monde dont ils ne faisaient pas encore vraiment partie. Elle aimait leur innocence émouvante.

Elle en avait fait son métier. Elle passait chaque jour des heures dans la crèche de son village à recueillir leurs sourires, leurs gazouillements, les rôts de leurs ventres bien repus. Quand sonnait le glas de leurs trois ans, quand il était temps pour eux d'entrer à l'école, elle les lâchait sans regrets dans le vaste monde. Elle n'en voulait plus. Elle ne pensait plus à eux. Elle redevenait amoureuse des nouveaux bébés déposés qui affichaient quelques semaines à peine au compteur de la vie.

Elle avait agi de la même manière pour ses propres enfants. Quand Nésilla était née, elle avait arrêté de travailler. Elle ne la quittait pas, elle passait des heures à la contempler battant des jambes. Elle la dévorait de baisers. Elle lui avait lu des dizaines d'histoires, toujours les mêmes. Mais quand la petite Nésilla avait commencé à répéter les mots des contes qui l'avaient bercée pendant ses premiers mois, quand elle avait montré qu'elle avait assimilé comment les assembler pour poser des questions, Florence n'avait pas répondu. Elle n'aimait pas les questions. Elle n'aimait pas réfléchir aux réponses. Elle avait accouché d'une seconde petite fille, Nadine, qu'elle s'était amusée à parer telle une princesse, avec des robes à paillettes et des barrettes fleuries dans les cheveux.

Nésilla, alors âgée de quatre ans, avait voulu comprendre pourquoi sa mère attachait autant d'attention à ce petit bout de fille qui ne parlait pas, à part à coups de cris et de larmes difficilement supportables. Florence s'adressait pourtant à elle sans lui en vouloir, d'une voix douce qui lâchait des mots idiots, des mots gâteux. A croire qu'elle s'était infantilisée au point de n'être plus capable d'adresser des phrases à sa fille aînée et de répondre à ses incompréhensions. Nésilla s'était dit qu'elle avait fait quelque chose de mal qui avait déplu à sa maman. Ou qu'elle n'avait pas fait ce qu'on attendait d'elle. Alors pour se faire pardonner, elle s'était mise à cuisiner.

Elle avait remarqué que Florence n'aimait pas passer du temps à préparer à manger. Elle se contentait de décongeler des pizzas ou de faire réchauffer des boîtes de conserve. Nésilla était persuadée que sa mère aurait préféré continuer à l'alimenter grâce aux petits pots pour bébés dont elle gavait Nadine. Elle s'était dit que si elle participait à la fabrication des repas, sa mère l'aimerait peut-être de nouveau.

Elle avait demandé à son père de lui acheter des livres de cuisine. Et elle s'était plongée dedans. D'abord avec application, timidement, en ayant peur de se tromper. Très vite elle fut capable de cuisiner des quiches et des gratins bien dorés. Elle apprit à mitonner des ragoûts sans que jamais ils ne prennent au fond. Elle restait à côté de la cocotte et touillait régulièrement, en rajoutant de l'eau ou du vin blanc, des herbes fraîches. Elle y prenait plaisir. Elle aimait observer la transformation de la nourriture au fil de la cuisson. Les morceaux de viande qui caramélisaient, ramollissaient, devenaient tendres et fondants. Le fromage qui gonflait, s'étalait, se boursouflait. Les odeurs qui s'envolaient et parfumaient les narines, la remplissaient de joie car elle les reliait à l'approbation de sa mère quand elle débarquerait, muette mais souriante, le nez aux aguets, la pupille satisfaite. Elle l'imaginait, elle anticipait l'instant où elle viendrait se mettre à table, avec la petite Nadine dans les bras.

Les mots de félicitations ne venaient pas. Alors Nésilla avait cherché à aller plus loin que l'utile, le nourricier de base, pour décrocher ce qui touchait au plaisir pur: les desserts. Stimuler la gourmandise de sa mère. Encourager son penchant marqué pour les sucreries. S'en servir pour la ramener à elle. La régaler pour qu'elle se rende compte qu'elle existait et qu'elle avait de la valeur.

Son premier essai fut un marbré au chocolat dont elle surveilla la cuisson en restant à genoux devant le four. Elle avait tellement battu les œufs dans le sucre avant d'y ajouter la farine que les bras lui pesaient. Le mélange crémeux avait moussé. Le chocolat fondu, lisse, brillant, aussi soyeux que les joues des bébés qu'admirait Florence, s'était mêlé à grands tours de cuillère en bois, à s'en démettre le poignet encore une fois.

Elle avait sorti le gâteau du four au moment où il commençait à craqueler sur le toit. La pâte bicolore, onctueuse de l'intérieur, avait débordé dans les assiettes, pour la plus grande joie des convives. Et Nésilla enfin avait reçu un message d'admiration, un message de reconnaissance dans lequel sa mère avait lâché les mots qu'elle n'attendait plus.

— Bravo Nésilla, c'est vraiment très bon. J'en reprendrai bien un morceau.

Sa passion pour la pâtisserie datait de ce jour-là.

* * *

— Est-ce que tu aurais une petite gâterie en réserve pour moi? demanda Bastien, le ventre déjà bien rempli mais trop en manque des gâteaux maternels pour s'en priver plus longtemps.

Nésilla éclata de rire. Elle exultait. Elle reconnaissait bien là son fils et sa gourmandise jamais rassasiée. Anaïs ne l'avait pas changé. Elle n'avait pas compris combien il était important de combler les estomacs, en plus des cœurs.

— Dès que tu m'as dit que tu restais dîner, j'ai rendu une petite visite au congélateur, lança-t-elle en prenant un ton mystérieux. Je garde toujours quelques parts de gâteaux, les invendus de la pâtisserie. Au cas où.

Les yeux de Bastien se mirent à pétiller d'anticipation. Il n'essaya pas de deviner quel gâteau elle allait lui apporter: un Paris-Brest rond comme une couronne, un éclair tendrement jouffu ou une tarte au citron meringuée. Il s'en fichait. Il aimait toutes les pâtisseries de sa mère, sans conditions, sans restrictions. Il prolongea le plaisir en attendant sans quémander. Il savait que ce serait délicieux. Il savourait l'instant.

Nésilla sortit de la réserve en affichant un air conquérant qui ne lui ressemblait pas.

— En dessert, je te propose du Succès, s'exclama-t-elle.

Elle déposa devant son fils un assemblage rectangulaire qui évoquait le sable doux des plages désertes, les premières neiges qui saupoudrent de sucre glace les falaises crayeuses des côtes du Nord. D'appétissantes boules de crème au bon goût de praliné débordaient des deux toits de dacquoise et en assuraient l'équilibre.

— A ton Succès, maman! s'écria Bastien avant de fouiller le fragile édifice avec une allégresse qui faisait plaisir à voir.

Il croqua goulûment dans le biscuit gavé de noisettes, puisa à pleine bouche dans la crème intense, s'en nappa la langue, la gorge, l'estomac. Puis quand il n'y eut plus de place à saisir, et plus de miettes à grappiller, il lâcha en guise de digestion, comme s'il s'agissait d'une conclusion de la plus élémentaire évidence:

— Je projette d'épouser Anaïs cet été. Est-ce que tu accepterais de nous marier?

Crème renversée
ou
crème brûlée?

Ce temps qui travaille les chairs, travaille la vie, il faudrait le saisir à pleines dents. Qu'il n'y ait ni avant, ni après, seulement un éternel mouvement circulaire.

(Marie-Louise Audiberti)

— Est-ce que tu accepterais de nous marier?

La phrase empoisonnée de Bastien naviguait le long des rayons de lumière laiteuse qui s'amusaient à murmurer dans la chambre de Nésilla.

Il était deux heures du matin et elle ne dormait toujours pas. En provenance de la pièce d'à côté, elle entendait la respiration régulière de son fils. Il dormait bien, lui, sans se rendre compte de la tempête qu'il avait allumée dans la tête de sa mère. Son souffle paisible qui habillait le silence et repoussait la solitude aurait pourtant dû bercer Nésilla. La rassurer. L'apaiser. Il n'en était rien. Parce que derrière ce souffle issu de sa chair s'accrochait la respiration d'une femme, une inconnue, voleuse d'âme et voleuse de fils, qui lui collait deux gamines dans les bras pour ensuite réclamer de se faire épouser.

— Tu me demandes d'être ton témoin? avait murmuré Nésilla.

— Tu es ma mère, tu ne peux pas être mon témoin.

Une pensée terrifiante avait alors grondé dans les veines de Nésilla. Une image, d'une clarté si nette qu'elle en paraissait vraie, avait glissé devant ses yeux. Elle avait vu comme si elle y était la travée centrale d'une nef d'église bariolée d'arcs-en-ciel de lumière. Remontant cette allée, Jean-Baptiste conduisait à l'autel une magnifique jeune femme vêtue d'une longue robe plus blanche que la neige, plus vaporeuse que le plus doux des nuages de brume, quand elle se lève timidement par-dessus les champs, éblouie par le soleil ascendant du matin. Dans sa vision, le père de la mariée rayonnait, étranglé dans un éclat de rire inextinguible. Il y avait longtemps que Nésilla ne l'avait pas vu s'éclairer ainsi, de fierté, de joie, d'espoir. Son émotion remontait jusqu'à la jeune femme en blanc qui glissait vers l'autel, qui vacillait soudain, s'écroulait, le visage plus noir qu'un puits sans fond, sans consistance. Le visage d'un fantôme. Celui d'une petite fille qui était sortie du ventre de sa mère avant d'être née, parce qu'elle ne s'était pas suffisamment agrippée à ses entrailles. Elle n'avait pas de nom, pas de corps, à part celui du souvenir, et ceux des rêves où les défunts entre eux peuvent se retrouver et se prendre la main. Jean-Baptiste était mort. Sa fille était morte. Il n'y avait plus qu'elle et Bastien.

— Tu voudrais que je te conduise à l'autel? demanda-t-elle d'une voix lugubre pas encore totalement revenue de la vision cauchemardesque qui lui avait si impitoyablement sauté dans les yeux.

— Je te l'aurais peut-être demandé si on avait choisi de se marier à l'église. Nous nous contenterons d'un mariage civil.

— Mais alors, que veux-tu de moi?

— Je veux que ce soit toi qui nous maries. Que tu prononces les discours officiels, lises les articles consacrés du Code Civil. Que tu nous demandes nos consentements et pour finir nous déclares mari et femme devant la Loi.

Nésilla protesta, en jouant exprès sur les mots:

— C'est d'un maire dont tu as besoin, pas de ta mère.

— Le maire et ses adjoints sont de plein droit officiers d'état civil, déclara Bastien. Mais ils peuvent déléguer leurs pouvoirs aux conseillers municipaux. D'accord, tu n'es pas conseillère municipale, ajouta-t-il en voyant le front de Nésilla tirer une barre livide. Si tu l'étais, tu pourrais agir au nom du maire. La question se résume pour l'instant à ceci: accepterais-tu de jouer le rôle de l'officier d'état civil, accepterais-tu de nous marier?

Nésilla fut incapable de répondre. Elle était trop bouleversée, empêtrée dans sa vision oppressante du mariage impossible de la fille qu'elle n'aurait jamais et qu'elle avait tant rêvé avoir, jolie comme un ange éthéré dans sa belle robe de bal, tenant la main d'un père lui aussi décédé. La surprise aussi bloquait ses neurones et retenait la joie qui aurait dû l'envahir en entendant son fils déclarer son envie de se marier. Son aveu la prenait à la gorge. Elle ne s'y attendait pas. Comment l'aurait-elle pu? Elle n'avait aperçu l'heureuse élue qu'une seule fois, pendant une heure. Comment en un laps de temps aussi court pouvait-elle juger favorablement la femme avec laquelle il désirait s'engager, alors que cette femme ne se donnait pas la peine de chercher à la rencontrer de nouveau, la tenant comme quantité négligeable, un personnage indésirable même, dont elle n'avait que faire dans sa petite vie déjà bien occupée? Il y avait trop de présomptions négatives contre Anaïs. Aucune empathie n'était possible dans l'absence.

— Je comprendrais très bien que tu préfères rester dans la peau de la mère du marié, dans les coulisses, en retrait, juste libre de lire un discours écrit de ta main pour émouvoir l'assemblée, reprit Bastien. Mais moi, ce que je voudrais, c'est que ce soit toi qui, à la mairie, en tant que représentante de l'État, me demande si je consens à épouser Anaïs. Et je veux que ce soit toi qui reçoives mon oui. Pas un étranger. Toi. Parce que papa est mort et qu'il ne peut pas aller demander la main d'Anaïs en mon nom à ses parents. Tu es tout ce qui me reste de l'autorité parentale, tu es ma famille. C'est toi qui dois me faire prononcer mes vœux.

Nésilla vacilla sous la responsabilité terrifiante que son fils lui déposait si brusquement sur les épaules. Cette idée de mariage la prenait totalement au dépourvu, d'autant plus qu'elle n'avait qu'une envie en tête, c'était de dire à son fils qu'il était fou, qu'il devait attendre de mieux connaître Anaïs, qu'elle n'était peut-être pas la femme qui lui convenait. En tout cas, elle ne convenait pas à Nésilla qui, en tant que mère, la redoutait, cette belle-fille qui risquait malheureusement d'exercer une mauvaise influence sur Bastien. Alors les marier? Se faire l'artisan de son propre abandon?

— Tu en as parlé à Anaïs? demanda-t-elle pour esquiver et ne pas avoir à donner une réponse immédiate.

— Elle n'est pas contre se marier dans cette commune, dit Bastien. C'est tout ce dont nous avons débattu pour l'instant.

— Dans ces conditions il vaudrait peut-être mieux que vous en rediscutiez tranquillement tous les deux avant de vous engager davantage.

Nésilla s'attendait à des protestations virulentes de la part de Bastien s'il s'estimait blessé dans son autorité de mâle au sein du couple qu'il formait avec Anaïs. Il se contenta d'allumer un grand sourire en travers de sa bouche et répondit paisiblement:

— On a tout le temps. On en reparlera.

* * *

Les yeux sanglés sur le rectangle bleuté de sa fenêtre, gardés grands ouverts comme pour y puiser une réponse, Nésilla s'interrogeait. Bastien était-il vraiment sérieux en évoquant son envie de la voir officier à son mariage en tant que représentante de l'État? Ou n'avait-il parlé que sous l'impulsion d'une idée subite et saugrenue qui avait assailli son esprit et qu'il repousserait dès le lendemain, après une nuit réparatrice qui lui ferait oublier son coup de folie?

Oui, certainement, il avait lancé ces paroles sans réfléchir, parce qu'il voulait associer Nésilla à son mariage. C'était typique de Bastien de se précipiter dans des projets mirobolants qui lui semblaient astucieux au premier abord mais qui, une fois décortiqués de plus près, se dégonflaient et ne prenaient jamais forme. Parce qu'il n'y avait pas suffisamment de matière pour qu'ils deviennent viables.

Quelle idée de la propulser conseillère municipale d'un croisement de doigts, en gommant toutes les impossibilités. C'était son père qui lui avait mis en tête cette fâcheuse manie des rêves enthousiastes, impossibles, qui chantaient à tue-tête dans les premières exaltations puis retombaient quelques heures plus tard au contact de la réalité crue et sans concession. Combien de projets avait-il ainsi dû abandonner face à l'implacable matérialité qui détruisait tout? Bastien vivait les mêmes élans qui le poussaient à réfléchir quand il était déjà presque trop tard et l'entraînaient alors dans des aventures plus conciliantes. Son projet de mariage était-il aussi avancé qu'il voulait le croire? Ou stagnait-il à l'état de mirage? Une illusion, une conversation légère qui s'était enfuie aussi vite qu'elle avait jailli?

Nésilla finit par s'endormir en se persuadant que Bastien s'était une fois de plus emballé, que son plan d'union n'en était qu'au stade d'une ébauche peut-être sans lendemain. Elle l'espérait si fort qu'elle en convainquit les étoiles par la fenêtre. Elle but leurs certitudes dans leurs sourires métalliques qui la contemplaient sans broncher.

* * *

Quand ils se croisèrent le lendemain dans la cuisine pour un petit déjeuner rapide, ils ne reparlèrent pas de mariage. Il n'y avait de toute façon pas suffisamment de temps pour revenir sur le sujet. Nésilla embauchait à la pâtisserie à six heures et Bastien avait prévu de partir en même temps qu'elle. D'autres préoccupations plus urgentes se bousculaient dans leurs cerveaux. Noël arrivait à grands pas, sans qu'aucune disposition n'ait été prise au sujet du programme des réjouissances. Bastien comptait-il venir réveillonner avec elle le soir du 24 décembre, comme il avait fait les années précédentes, ou serait-il happé par les Decongre?

Nésilla n'osait pas aborder la question de peur de se faire refouler, pour en plus entendre que l'autre famille remportait la priorité. Elle redoutait les mots implacables qui la poignarderaient au cœur. Bastien, heureusement, n'oubliait pas les fêtes. Il entama les pourparlers entre deux gorgées de café.

— J'imagine que, comme tous les ans, tu travailles le matin du 25?

— Oui, il faudra que j'y aille pour terminer les commandes. La matinée de Noël est l'une des plus fertiles de l'année. Je ne sais cependant pas encore quels horaires je devrai faire.

— Est-ce que tu crois que tu pourras te libérer assez tôt pour venir chez la mère d'Anaïs réveillonner le midi et passer l'après-midi avec nous?

En entendant la suggestion de Bastien, Nésilla se recroquevilla dans sa coquille, effrayée à l'idée de pénétrer dans une maison inconnue où elle ne connaîtrait personne et où elle risquait de faire figure d'intruse. On la jaugerait, on la jugerait, on la critiquerait peut-être.

Elle se reprit bien vite. Dans cette tribu étrangère dans laquelle son fils l'invitait à pénétrer, elle avait sa place. Il faudrait bien qu'elle la rencontre, cette famille Decongre qui se faisait absurdement désirer.

— Si je reste travailler tard le soir du 24, je pense que je pourrai me libérer vers onze heures le lendemain matin, décréta-t-elle avec une vigueur toute neuve. Je m'arrangerai, je prendrai de l'avance, assura-t-elle.

Puisque Bastien passait le réveillon chez la mère d'Anaïs, elle n'avait pas à se préoccuper de sortir tôt le soir du 24 décembre. Personne ne l'attendrait, aucune famille. Il valait mieux qu'elle se porte volontaire pour effectuer des heures supplémentaires tardives qui lui permettraient de gagner du temps pour le lendemain. Elle n'avait jamais accordé au réveillon du 24 une importance démesurée. Elle le vivrait seule cette année, ce n'était pas grave. Elle avait l'habitude de passer ses soirées en solitaire. Depuis la mort de Jean-Baptiste, c'était devenu sa routine quotidienne. Que ce soit le réveillon de Noël ou un soir comme les autres ne faisait pas de différence, à part dans son assiette où elle se permettrait un déluge de foie gras et de bon vin, avant de plonger dans une de ces comédies romantiques de Noël où amour, sapins dégoulinants de guirlandes et chutes de neige cristalline chamboulent les émotions et amènent des sourires attendris sur les visages des femmes.

C'était la journée du 25 qui importait. Un rendez-vous en terre ennemie l'attendait, où elle devrait faire bonne impression, marquer son territoire, s'imposer. Pour bien faire comprendre à Anaïs et à sa mère qu'elle tenait de la place dans la vie de Bastien, et espérait en gagner une dans les leurs. La rencontre serait décisive. Elle y mettrait tout son allant, sa bonne humeur la plus contagieuse, elle n'aurait pas le choix. Il fallait qu'elle se fasse accepter dans cette famille a priori hostile. Et tant pis si sa mère et sa sœur devaient en contrepartie se priver de sa compagnie.

Elles réveillonneraient ensemble, soutenues par Léo, le mari de Nadine, et ses trois enfants. Une place lui était réservée au coin du feu, mais elle l'occuperait une autre fois, décida-t-elle. Ses rapports avec sa sœur n'avaient jamais atteint le degré d'intimité complice qu'elle avait espéré. Il n'y avait donc rien à regretter. Elle avait trop souffert enfant de voir Florence se détourner d'elle pour ne s'occuper que de Nadine. Cette dernière, en tant que bébé nouveau né, avait récupéré jusqu'à la plus minuscule parcelle de l'attention maternelle et Nésilla lui en avait voulu. Elle l'avait enviée, elle n'avait pas réussi à l'aimer. Même quand plus tard elle s'était rendu compte qu'à son tour, Nadine était délaissée, que Florence retournait aux bébés de la crèche qui seuls avaient droit de cité dans son cœur trop dur, trop petit. Celui de Nésilla n'avait pas réussi à s'ouvrir. La souffrance avait trop buté contre la jalousie, elle s'y était insinuée trop profondément pour complètement s'abolir.

La fillette avait dû lutter contre l'indifférence de sa mère en se démenant à la cuisine. Elle en avait gardé la passion de la pâtisserie, mais jamais sa sœur ne l'y avait rejointe. Quand Florence s'était de nouveau réfugiée dans son travail, Nadine avait continué à profiter des talents culinaires de Nésilla comme si elle la considérait comme une cuisinière embauchée à leur service. Elle n'avait jamais cherché à participer, à l'aider, à apprendre. Oubliée par sa mère, indifférente à une sœur dont elle sentait peut-être l'amertume sans avoir envie d'en savoir davantage, elle avait préféré se réfugier auprès de ses camarades d'école.

Les années avaient dégringolé. Les deux sœurs avaient continué à vivre dans la même maison sans vraiment se connaître, ou se parler. La désertion de Florence n'avait pas réussi à les rapprocher. Chacune y avait pallié par des moyens qui n'avaient pas fusionné. Nadine réclamait parfois ses gâteaux favoris, Nésilla s'exécutait avec plaisir, parce qu'elle aimait se rendre utile et que la pâtisserie coulait entre ses doigts comme par magie. Ses gâteaux extraordinaires faisaient le lien, ils rassemblaient, et Nadine la gourmande serait déçue de ne pas manger sa bûche préférée garnie de crème à la vanille et de pêches caramélisées. Elle en voudrait à Nésilla, elle dirait à Florence que sa fille aînée était froide comme le grésil qui ruisselait dans son prénom. Nésilla s'excuserait en haussant les épaules, pas convaincue de rater quoi que ce soit. Les échanges avec sa mère ne lui manquaient pas car Florence, désormais à la retraite et donc privée de bébés joufflus, ne parlait que des actualités. Elle les décortiquait, elle s'en nourrissait, les mastiquait. Elle ne savait pas parler d'autre chose. Un attentat dans le métro parisien. La disparition non expliquée d'une infirmière dans les Vosges. Un policier mis en examen pour coups et blessures. Voilà ce qui la préoccupait et lui tenait lieu de conversation. Elle ne s'interrogeait jamais sur les activités de ses filles, leurs états d'âme, leurs sources de satisfaction ou de chagrin. Elle avait perdu l'habitude de s'intéresser à elles depuis trop longtemps.

Nadine n'en souffrait pas. Elle n'en avait jamais voulu à sa mère de ses silences, de ses questions absentes, de ses refus de communiquer, de ses sourires vides qui n'écoutaient pas. Elle appelait Florence sa radio du monde, à la fois dispensatrice de faits divers et présentatrice météo.

C'était mieux que le grésil dont elle affublait Nésilla ou que le surnom de tequila qu'elle lui donnait hargneusement. Pour la rime. Son prénom commençait par la même lettre, ce N impétueux, qui avait donné un empire à Bonaparte. Il coulait doux ensuite, il glissait, il ne crissait pas aux oreilles. C'était un beau prénom, fort, brillant, limpide. Mais après tout, si on changeait une des consonnes, on obtenait quelque chose de beaucoup moins reluisant: *Nadine, narine, radine*, et c'était bien ce qu'elle était en fin de compte, cette sœur pas assez familière: une handicapée de l'affection.

A croire que dans la famille Pescade, on manquait de sentiments. Le père en avait été l'éternel absent, toujours en vadrouille aux quatre points du pays ou autour des terrains de football, jusqu'à ce qu'un camion, en se renversant, mette brutalement fin à sa carrière d'homme invisible.

Et Florence n'avait aimé que les bébés, en particulier ceux des autres. Toute sa vie elle avait conservé son âme de petite fille jouant pendant des heures à bercer son poupon. C'était sa vocation. Sa conception du rôle de la mère s'arrêtait aux soins qu'elle avait donnés à ses poupées pendant son enfance. Le reste, tout le reste, la fierté des parents devant la réussite de leurs rejetons; leur amour inconditionnel; leur accompagnement pas à pas à travers les tempêtes de l'adolescence, pour les porter du mieux possible jusqu'au seuil de l'âge adulte; les espoirs qui n'étaient pas forcément leurs choix mais qui devenaient les leurs; tout cela, elle n'en avait pas voulu.

Nésilla avait cruellement souffert du désintérêt de sa mère, présente physiquement mais en même temps toujours absente, retranchée à l'intérieur d'elle-même, au pays des poupons muets. C'était comme un camouflet culpabilisant, subi jour après jour. Une complainte déchirante qui gémissait tout bas: maman ne m'aime pas. Elle n'aime pas ses propres enfants. Elle n'aime personne.

Elle avait fini par se détacher. A quoi bon s'accrocher? Elle avait sa vie à vivre, et puisque ses parents avaient si peu voulu faire partie de son enfance, elle avait décidé qu'ils ne feraient pas davantage partie de son futur. Elle n'en avait retiré aucun sentiment de vengeance. Elle avait agi, poussée par la nécessité de se protéger. Elle ne leur devait rien, ni affection, ni reconnaissance, et avait accueilli le moment de quitter la maison familiale comme une délivrance, un envol nécessaire loin de ce lieu oppressant qui n'avait rien pour la retenir.

Elle y revenait de façon épisodique. Elle se serait sentie coupable de ne pas faire l'effort. Mais elle ne bousculait pas son emploi du temps pour arranger une rencontre si les dates prévues ne convenaient plus. Les visites à la famille Pescade ne la faisaient pas trembler d'excitation. Elle ne les attendait pas, ne s'en réjouissait pas plusieurs jours à l'avance. Il n'y avait aucun manque.

Manquait-elle à sa mère? C'était une question qu'elle se posait parfois, sans être capable d'y apporter une réponse satisfaisante. Pouvait-on manquer à quelqu'un qui vivait si ouvertement en dehors des autres et préférait se nourrir de faits divers plutôt que de s'intéresser à son entourage, peut-être parce que les informations diffusées par les médias ne faisaient que se prendre? La famille, quant à elle, exigeait que l'on donne. Et Florence Pescade n'avait jamais su donner.

Bien sûr elle réclamait la présence de ses filles. Elle avait envie de les voir. Malheureusement les visites tournaient systématiquement à la révision des actualités, au détriment d'échanges plus intimes. Alors à quoi bon? A quoi bon être mère et ne pas se sentir concernée par ce que vivaient ses filles? A quoi bon avoir fait des enfants?

Nésilla s'était résignée. Florence n'était pas capable d'ouvrir son cœur et ses bras, à l'inverse de toute bonne mère attentionnée. C'était ainsi. Quand Bastien était né, Nésilla avait décidé qu'elle ferait mieux, qu'elle agirait bien. Elle n'avait pas eu besoin de se forcer. L'amour qui immédiatement l'avait reliée à son fils l'avait transformée, transportée dans un univers où désormais tout se partageait, les attentions, les espoirs, les chagrins.

Pour Bastien, elle se sentait remplie d'ardeur et de force. Pour lui elle était prête à tout.

Alors elle avait donné, encore et encore. Son fils lui avait pompé son énergie, parfois jusqu'au bord de la rupture. Mais elle n'en gardait que d'inoubliables souvenirs, attendris et nostalgiques, parce qu'elle aurait voulu que son enfance ne s'arrête jamais. Parce qu'aucun de ces moments passés ne reviendrait.

Son amour, lui, ne s'éteignait pas, même s'il souffrait de l'absence de Bastien, devenu trop grand: un adulte, qui ne logeait plus chez ses parents. Cette souffrance perfide, qui trottait dans la tête et pourrissait le quotidien, Florence ne la connaissait pas. C'était presque tant mieux pour elle finalement, pensait Nésilla. Ses filles ne lui manquaient pas, ou alors pas beaucoup. Elles lui manquaient comme manque la visite d'une voisine dont on a pris l'habitude sans forcément s'en réjouir, mais dont on s'étonne les jours où elle ne vient pas. Alors que Nésilla savait que, quoi qu'elle fasse, Bastien lui manquerait toujours. Atrocement. A souhaiter que le diable existe, pour lui donner son âme et qu'en échange il lui fasse revivre les années d'avant.

Des paillettes dans les Charlottes

La vie doit se manger pour vivre.
                    (Maurice Chapelain)

Contrairement à ce qu'elle avait espéré, Nésilla ne put quitter la pâtisserie que quelques minutes avant midi. Le patron, Mr Aubeterre, fier d'avoir donné son nom à sa boutique, mais pas forcément très avisé, avait accepté de trop nombreuses commandes. Il avait voulu que Nésilla aligne des bûches en extra pour les gens imprévoyants qui se manifestaient toujours au dernier moment et remplissaient à leur manière le tiroir-caisse. Une meute de retardataires avaient dévalisé les stocks et Nésilla avait dû en urgence monter les génoises, les ganaches et les coulis de fruits afin de remplir les vitrines. En ce 25 décembre douillet, flottant au milieu d'une brume opaque, les passants semblaient s'être réveillés avec la faim au ventre, donnant raison à Jean-Jacques Rousseau qui prétendait en son temps que « Nul n'était heureux que le gourmand».

Quand Nésilla enfin lança sa voiture à l'assaut de la route qui menait au domicile des Decongre, le clocher de l'église l'accompagna de ses douze coups farouches. Il la propulsa, la galvanisa. Hélas elle restait en retard, lamentablement. Et ce retard la minait. Elle bouillonnait de colère. Elle en voulait à son patron de ne pas avoir prévu l'affluence des clients, elle s'en voulait surtout de ne pas avoir anticipé et confectionné davantage de bûches la veille. Elle aurait dû rester jusqu'à minuit, à en avoir les bras brisés de fatigue. Au lieu de se retrouver le lendemain à trépigner d'impatience, en fouettant les blancs d'œufs et les kilos de sucre, tout en surveillant du coin de l'œil les minutes qui filaient sans demander leur reste. Elles s'enfuyaient inexorablement comme si elles avaient le diable aux fesses.

Comment les Decongre allaient-elles accueillir la nouvelle de son arrivée tardive? Un instant Nésilla voulut se rassurer en se rappelant qu'Anaïs n'avait daigné se pointer qu'à dix-huit heures le jour de leur rencontre organisée en goûter. Peut-être Marianne n'était-elle pas non plus à cheval sur les horaires, surtout quand une excuse valable expliquait le manque de ponctualité.

Nésilla pourtant ne parvenait pas à récupérer sa sérénité. Elle ne voyait pas comment elle pourrait entrer la tête haute et souriante sans se sentir coupable d'avoir fait attendre ses hôtes. Elle n'aimait pas ce sentiment d'infériorité qui l'oppressait, cette impression déstabilisante qu'elle avait d'ores et déjà perdu de précieux points sans avoir joué, sans pouvoir les rattraper. La bataille pour se faire accepter dans la famille d'Anaïs n'était pas perdue, mais la partie allait devenir plus ardue encore, par la faute d'une mauvaise première impression malheureusement ineffaçable.

Quand elle pénétra chez Marianne, elle se força à relever le menton et à ouvrir grand ses épaules. Elle darda ses yeux dans ceux de ses deux hôtesses, à tour de rôle. Elle scruta Anaïs, puis Marianne. Elle s'excusa d'une voix douce mais ferme qui ne voulait pas plier.

La charlotte aux poires qu'elle apportait pour le dessert ainsi que les boîtes de chocolat fourrés à distribuer à la famille l'aidèrent à affronter les présentations le front serein, les paupières calmes, le sourire gracieux. Seul son cœur bondissait dans sa poitrine et expulsait à chaque coup de pompe un flot maladroit, mal à l'aise, mal assuré.

En voyant les robes de Marianne et Anaïs harnachées d'une fine dentelle noire qui jouait à cache-cache avec des rivières de perles de jais, Nésilla se félicita d'avoir gaspillé quelques précieuses minutes pour se changer. Elle avait enfilé une jupe de satin et un pull moulant en angora, qui chassaient toute référence à son travail de pâtissière manuelle pour l'élever vers des sphères où l'élégance s'imposait comme une norme à respecter.

— Si vous étiez votre propre patronne, vous n'auriez pas à subir de telles pressions horaires, s'exclama Anaïs. Vous n'auriez de comptes à rendre qu'à vous-même. La décision de fermer boutique à l'heure prévue suivant vos engagements ne tiendrait alors qu'à vous, et pas aux exigences d'un patron imprévoyant ou vénal.

Surprise par l'attaque acide alors qu'elle s'attendait à une parole amicale de compréhension, Nésilla resta bouche bée pendant plusieurs secondes. Le mépris qu'elle croyait entendre dans les mots d'Anaïs était-il le reflet de son imagination qui, se sentant en faute, doutait de tout?

Depuis la mort de Jean-Baptiste, elle avait perdu l'habitude de parler du tac au tac. L'esprit de repartie l'avait abandonnée, à cause de son manque d'entretien. Le départ de Bastien à Grenoble pour ses études n'avait rien arrangé, au contraire. Elle s'était retrouvée sans compagnon quotidien avec qui converser et avait perdu l'entrain des discussions où les échanges fusent, s'entremêlent, se répondent en s'appuyant les uns sur les autres, tel l'écho qui, en percutant un obstacle, riposte avec une vitesse incroyable. A vivre seule, elle avait pris l'habitude de faire elle-même les questions et les réponses, c'était déjà joué d'avance, il n'y avait pas de surprise. Elle connaissait les thématiques de départ, alors les répliques s'enchaînaient automatiquement, facilement, sans qu'elle ait besoin d'y réfléchir. La critique dédaigneuse d'Anaïs la prit complètement au dépourvu et la laissa interloquée, hébétée, telle une empotée à court de mots.

— Si j'étais propriétaire de la pâtisserie, je serais mon propre maître, c'est vrai, finit-elle par rétorquer. Mais à quel prix? Moi, ce que j'aime, c'est confectionner les gâteaux, et si on me paye en échange un salaire régulier, correct, je ne demande rien de plus. Etre son propre patron? C'est vivre avec la peur au ventre, l'incertitude du lendemain toujours braquée dans les pensées. Vais-je rentrer dans mes frais? Y aura-t-il suffisamment de ventes pour équilibrer mon budget? La crise économique, la diminution du pouvoir d'achat, le mauvais temps qui dissuade les gens de sortir, il y a tellement de données à prendre en compte. Vous parliez de pression? C'est le patron qui la subit.

— Quand j'aurai votre âge, je posséderai une pharmacie, s'exclama Anaïs. J'ai trente-cinq ans, je commence à mettre de l'argent de côté. Et j'espère que dans deux ans, je pourrai en acheter une. Je n'ai nullement l'intention de végéter au rang de simple employée, à la merci de décisions qui ne me conviennent pas. Je veux voir plus loin, plus grand.

— Est-ce que vous ne redoutez pas les contraintes qui fatalement en découleront? s'enhardit à demander Nésilla.

— Etre reconnue comme son propre maître. Ne pas avoir quelqu'un qui vous dit quoi faire, quand, comment. Cela n'a pas de prix.

— Vous savez, mon patron ne me dit pas comment confectionner mes gâteaux, se permit Nésilla.

— Mais il vous dit combien il faut en faire, et il vous retient pendant des heures pour se remplir les poches. Vous donne-t-il au moins des primes de fin d'année pour toutes les bûches que vous avez vendues en plus de ses prévisions? Non, il s'en gardera bien. Il estimera qu'en tant que propriétaire, il fait seul face aux risques, et que les bénéfices ne seront que pour lui. Vous, vous n'êtes que l'exécutante, vous n'avez pas votre mot à dire. Vous fabriquez, un point c'est tout.

— Cela ne se passe pas vraiment comme ça. Je propose des nouvelles créations chaque mois, commença Nésilla mais sa voix fut recouverte par les derniers mots tranchants qu'Anaïs éjecta:

— Il n'en sera pas de même pour moi.

— Vous comprenez, enchaîna Marianne, Anaïs a de l'ambition. Quand elle a eu dix-huit ans, elle a voulu participer au concours des Miss France. Elle en rêvait depuis des années. Elle s'est présentée aux sélections régionales. Elle était si belle.

— Mais pas assez belle, coupa Anaïs, puisque ce n'est pas moi qui ai reçu la couronne. Je n'ai été désignée que comme troisième dauphine. Pas assez belle pour représenter ma région. Alors je me suis jurée que je posséderai ma propre pharmacie, pour ne plus avoir à subir de critiques de la part de gens qui n'y connaissent rien mais veulent quand même vous imposer leur vision de la médecine, ou de la vie en général. Je n'ai pas été jugée suffisamment belle? Je leur montrerai à tous que je serai en tout cas suffisamment déterminée et intelligente pour assouvir mon autre rêve. Celui-là, personne ne m'empêchera de le réaliser. Parce qu'il ne dépendra pas de l'appréciation d'un jury inique. C'est moi seule qui irai le décrocher.

— Et tu y arriveras, mon amour, susurra Bastien d'une voix rauque que Nésilla ne lui avait jamais entendue, la voix d'un homme subjugué par le spectacle qu'il a sous les yeux et qui se laisse emporter par le cataclysme.

Elle tressaillit. Son fils était pris, complètement, prisonnier passionné, inconscient mais volontaire. La tornade l'avait emporté. Il aimait.

— Bien sûr que j'y arriverai, décréta Anaïs.

Devant cette tranquille assurance remplie d'arrogance et d'une confiance en soi excessive qui ne connaissait pas les doutes, Nésilla se cabra. Elle aurait voulu apprécier celle que son fils adulait sans nuance. A la place elle replongea dans ses préjugés négatifs. L'échec d'Anaïs au concours des Miss France la lui avait rendue plus humaine, plus accessible, puisque capable de souffrance et d'erreurs. Elle s'était imaginée cette jeune fille fougueuse, vibrante d'espoirs, dans sa belle robe pailletée corsetée comme celle d'une princesse, bafouée par le jury, surpassée par d'autres concurrentes cataloguées comme plus belles qu'elle. Pas assez jolie. La beauté était si subjective.

Elle avait dû avoir du mal à encaisser le verdict réducteur, oublier son échec, rebondir pour trouver une nouvelle vocation et s'y épanouir, en plongeant dans une autre niche où dormaient d'autres rêves. De Miss France à pharmacienne, il y avait un long chemin à parcourir, qui quelque part débutait par une dégringolade au fond d'un trou nauséabond dont les bords s'affaissaient au fur et à mesure de l'accroche. Anaïs était parvenue à remonter, en puisant dans une confiance en soi hors du commun, une confiance non dans sa beauté, mais dans ses compétences médicales.

Elle en devenait orgueilleuse. Il y avait là comme une revanche à prendre qui dénaturait l'état de grâce de son courage et salissait tout. En reportant insolemment ses espoirs de victoire sur ses talents de pharmacienne, Anaïs avait emporté la part de timidité et d'incertitudes qui possède tant de charme. Elle était devenue dure, âpre, une arriviste, gorgée de suffisance et donc de préjugés vis à vis des autres moins déterminés qu'elle, ou moins chanceux. Elle se croyait supérieure. Et elle avait ébloui Bastien, qui n'avait pas su se défendre contre une offensive si sûre d'elle-même. Il n'y avait pas été préparé. Il était tombé amoureux. Tombé à genoux devant cette dureté, cette arrogance.

— Maman, est-ce qu'on verra oncle Arthur pendant les fêtes? demanda Laurie sans remarquer qu'elle intervenait dans une discussion sans crier gare.

Elle n'était apparue à table que de façon intermittente, pour manger ce qu'il y avait dans son assiette, avant de retourner jouer avec les cadeaux qu'elle avait ouverts quelques heures plus tôt au pied du sapin. Sa sœur Sonia ne s'était pas montrée davantage, occupée à dialoguer avec ses copines par téléphones interposés. Elles revenaient pour le plat principal, alléchées par l'odeur appétissante qui se dégageait des tournedos à la Rossini version végan que Marianne venait d'apporter.

— Tu sais bien qu'il fête Noël avec la famille de sa femme, répondit Anaïs. Et cette fois ils n'oseront pas se pointer ici sans prévenir. Ils ont retenu la leçon, je pense.

Nésilla ne put retenir un froncement de sourcils qui fit dire à Marianne:

— J'ai fait le « tournedos » avec du seitan que j'ai bourré d'épices et de poudre de marrons, expliqua-t-elle en se méprenant sur le mouvement involontaire de son invitée. L'escalope n'est pas du foie gras cru, vous vous en doutez. J'ai utilisé du tofu mariné. Goûtez, allez-y, je suis sûre que vous allez aimer.

Nésilla obéit et croqua dans le tournedos de blé, surprise de la saveur parfumée qui s'en dégageait. Elle put cette fois se laisser aller à féliciter sincèrement son hôtesse tandis qu'Anaïs enchaînait son histoire.

— La femme de mon frère s'appelle Naomi. Elle est gentille mais qu'est-ce que ses parents sont envahissants. Ils se croient tout permis. Cet été, ils ont prétexté qu'ils avaient loué un chalet à une cinquantaine de kilomètres d'ici pour passer nous rendre visite à l'improviste. Sans prendre la peine de nous téléphoner avant. Comme s'ils croyaient que nous n'avions que ça à faire. Quand ils sont arrivés, nous n'étions évidemment pas habillés pour les recevoir. Ils nous ont vus en chaussons, vous vous rendez compte?

Non, Nésilla ne se rendait pas compte. Elle ne voyait pas ce qu'il y avait de révoltant à accueillir quelqu'un en jean et en charentaises. N'était-ce pas au contraire naturel? Pourquoi faire des manières? Que devait-elle répondre sans vexer les Decongre mère et fille qui, décidément, s'estimaient bien au-dessus du commun des mortels et le faisaient savoir?

— Dans notre famille, nous ne sommes pas de cette sorte, conclut Marianne d'un ton définitif. Nous savons nous tenir.

— Nous savons surtout comment nous comporter en toutes circonstances, décréta Anaïs. Le père de Naomi croit avoir de l'humour, il n'arrêtait pas de raconter des blagues de son cru qu'il croyait pertinentes. Elles étaient d'un ennui. Résultat: il n'y avait que lui qui gloussait bêtement. J'en avais presque mal pour lui. Si on les réinvite, il faudra les entourer d'autres amis, pour qu'ils se retrouvent noyés dans la masse.

Nésilla se concentra sur son assiette pour tenter de reprendre contenance. Elle aurait voulu crier, hurler son incompréhension, insulter ces femmes qui se croyaient d'une essence supérieure et rejetaient les autres, même les membres proches, même les beaux-parents du seul homme qui restait encore en lice dans la famille, parce qu'ils ne pensaient pas comme elles. Etait-ce à cause de leur rigidité d'esprit que leurs maris s'étaient échappés, incapables de supporter leur manque de simplicité, leur volonté agaçante de tout vouloir diriger, d'imposer leurs points de vue sans réserve?

Nésilla se mit à frémir. Non pas d'indignation, elle était désormais trop concernée pour se contenter d'éprouver de la colère. C'était la peur qui s'emparait de son corps, s'infiltrait dans ses veines, son sang, son cœur. Une peur sauvage, aiguë, qu'on ne pouvait pas raisonner. La peur de ne rien avoir en commun avec ces deux femmes et de ne pas pouvoir être à la hauteur de ce qu'elles attendaient. D'être rejetée, broyée, écrasée par leur mépris. Ecartée de leurs vies, et donc de Bastien.

Elle allaient l'enchaîner à elles, lui lessiver le cerveau. Il oublierait sa mère, parce qu'il était amoureux, parce qu'il voudrait instaurer la paix dans son ménage, parce qu'il ne penserait plus au chagrin des autres. C'était ça qui la détruisait, la perte de son fils au profit de leur société à elles, comme s'il disparaissait de la circulation, happé par leurs esprits étriqués et leur ambition. Pouvait-elle lutter contre leur influence asphyxiante qui endormait la vigilance de Bastien? Comment les contrer? Comment entrer dans leur univers et s'y dénicher un coin?

L'appel ne viendrait pas d'elles, elles ne tendraient pas de perche. Seul Bastien serait maître de lui conserver une place dans son existence en refusant de se laisser déposséder du lien qui les reliait tous les deux, en s'opposant à ce qu'elles la laissent de côté, la négligent et l'enterrent avant l'heure. En aurait-il la force ? Son attachement pour sa mère serait-il assez robuste pour contrer la présence d'Anaïs? Prisonnier de sa nouvelle vie, en éprouverait-il seulement le désir?

Nésilla soudain eut envie de le tirer par la main et de l'emmener hors de cette maison inhospitalière, où l'on ne recevait les invités qu'en chaussures à talons et sur commande. Elle voulait lui enlever Anaïs, qu'il la voit telle qu'elle était, hautaine, froide et égoïste. Qu'il la quitte et l'oublie, pour son bien.

Elle se tourna vers lui et l'observa avec attention. Il discutait avec Sonia, il souriait de toutes ses dents, il était bien. Il se retournait vers Anaïs et lui posait une question. Elle y répondait de bonne grâce, avec le même sourire épanoui. Elle ne le rabaissait pas. Elle avait l'air de l'aimer. Elle le rendait heureux.

Nésilla baissa la tête, frappée de honte. De quel droit s'immiscerait-elle entre son fils et la femme qu'il avait choisie? Du droit de l'ancienneté, parce qu'elle l'avait fabriqué pendant neuf mois, expulsé hors de son corps dans le sang et les douleurs, nourri, élevé, grondé, câliné, aimé par-dessus tout? Foutaises! Elle lui avait donné la vie, lui avait fourni des armes pour la vivre au mieux. Il ne lui devait rien en retour. Elle avait joué son rôle avec une passion inquiète pleine de tendresse. Le bébé était devenu un homme, il n'avait plus besoin d'elle. Il avait son destin à construire, avec une autre femme, et elle, sa mère, devait s'effacer, s'éloigner, céder la place. Si Anaïs était bien la femme qu'il lui fallait, elle devait se résigner. Mais comme cela faisait mal. Comme si une pointe torsadée s'enfonçait dans ses entrailles, de plus en plus profondément. A chaque tour de vis, la douleur explosait, toujours un peu plus fort, un peu plus loin.

Et si Anaïs, avec ses rêves déchus de jouer à la majorette aux paillettes chez les Miss France, n'était pas la femme qu'il fallait à Bastien? Pour le moment, elle le rendait heureux. Mais dans le futur? Si son ambition et sa soif d'ascension sociale prenaient le dessus et transformaient Bastien en marionnette girouette tout juste bonne à admirer les talents de son épouse, sans pouvoir se permettre la moindre critique?

Tout en détruisant à coup de cuillère rageuse le délicat édifice de biscuits et de poires caramélisées dont elle avait agrémenté sa Charlotte de Noël afin de se faire bien voir, Nésilla mit sur pied un plan de bataille. Des idées méchantes se bousculaient dans sa tête, des commentaires désobligeants à colporter, aussi désobligeants que ceux que les deux Decongre avaient osé porter sur les beaux-parents d'Arthur. Des mensonges à inventer, pour détacher Bastien et le ramener à sa mère. Des quiproquos agaçants.

Une idée jaillit plus haut que les autres, parce qu'elle semblait avoir été inspirée par les propos perfides d'Anaïs et de Marianne et se mettait au diapason, comme si leur mauvais esprit avait déteint sur Nésilla. Pourquoi ne pas trafiquer des photographies exposant Anaïs dans les bras d'un bel inconnu? s'échauffa-t-elle. C'était une falsification si simple à réaliser. Elle s'arrangerait pour que Bastien les voit. Et même s'il refusait d'y croire, si Anaïs arrivait à le persuader que les clichés étaient des mensonges, le doute s'installerait. Une petite étincelle de jalousie, qui ne voudrait plus s'éteindre. Des questions sournoises exploseraient à chaque retard, à chaque conversation téléphonique adressée à quelqu'un d'autre. Même les justifications les plus sincères apparaîtraient troubles. La confiance serait émoussée, et peu à peu, elle fuirait goutte à goutte, comme le ballon de baudruche se vide de son air après avoir été percé par la minuscule épingle, et ne laisse bientôt plus qu'un tas de caoutchouc informe, une enveloppe vide dont l'amour a disparu.

— Votre Charlotte est délicieuse, s'exclama Laurie avec un enthousiasme qui expédia Nésilla loin de ses plans machiavéliques.

La fillette dévorait avec application. Elle se régalait. Chaque bouchée qu'elle enfournait envoyait des ondes positives en direction de Nésilla qui se rassérénait devant une acceptation si ouvertement sincère. C'était comme si elle lui souhaitait la bienvenue, enfin, après les précédentes rebuffades.

— J'espère que vous avez utilisé des produits d'origine végétale pour la crème, assena Anaïs.

La bulle de contentement qui avait commencé à gonfler dans le cœur de Nésilla explosa. La tristesse et l'angoisse s'installèrent à la place. Jamais elle ne pourrait sympathiser avec une femme qui semblait toujours mieux savoir que les autres et voulait tout régenter. Les gens bien intentionnés qui prétendaient que les mères gagnaient une fille quand leur fils harponnait une compagne, se trompaient lourdement. Il n'y avait aucun gain. Au contraire elles perdaient leur fils. La fille le leur prenait, surtout si elle était autoritaire et alourdie de préjugés.

Nésilla se remit à rêver aux meilleures façons de séparer les deux amoureux. Elle voyait flou. Elle imaginait les photographies qu'elle falsifierait, suffisamment implicites sans pour autant formellement désigner, avec des bras qui se serrent, des corps qui s'abandonnent, des aveux qui affleurent aux bords des lèvres. Elle aurait voulu mettre Anaïs à la porte. L'ôter des pensées de Bastien. La transformer en une jeune femme douce, altruiste, sensible, à l'écoute des autres.

— Maman, toi qui es la plus talentueuse pâtissière que je connaisse, accepterais-tu de nous fabriquer notre gâteau de mariage? demanda Bastien.

Sa voix riait. Ses yeux pétillaient. Il parlait avec tout son cœur. Nésilla reçut sa joie comme un pétard en plein visage, il la réveilla, il la propulsa de nouveau dans la réalité de tous les jours. Elle balança ses désirs ignobles, indignes d'une femme qui s'inquiète du bonheur de sa progéniture. Elle les électrocuta. Il n'était plus question de penser à séparer Bastien d'Anaïs. Il était trop amoureux. A vouloir se marier. Il s'agrippait à son idée. Elle ne pouvait pas prendre le risque de lui faire croire que sa future femme le trompait. Le subterfuge s'avérait impossible, il ferait trop de mal à Bastien. Il le dévasterait, tel un tremblement de terre ravageur dont on ne peut pas prévoir l'étendue des dégâts.

Ce n'était pas la solution. Il fallait préserver Bastien. Et pour cela, accepter son choix. Se résigner. Elle était vaincue, il n'y avait pas d'autre issue.

— Avec grand plaisir, mon chéri, lança-t-elle en se forçant à sourire. Anaïs, êtes-vous d'accord pour que ce soit moi qui confectionne la pièce montée?

Elle voulait faire profil bas, et, puisqu'il n'y avait pas moyen d'y échapper, montrer à sa future belle-fille qu'elle tiendrait compte de ses avis et ne s'imposerait pas en force. Il était hors de question que les Decongre l'étiquettent comme une belle-mère « envahissante, qui se croit tout permis ». Un qualificatif si méprisant était peut-être bon pour les beaux-parents du frère d'Anaïs. Il n'en serait pas de même pour elle. Elle se transformerait en belle-mère parfaite, utile, attentionnée mais pas trop invasive, pas trop aimante non plus. Elle se forcerait quand même. Pour ne pas être rejetée. Et elle façonnerait un gâteau mémorable. Pour se faire accepter. Elle y mettrait tout son talent. C'était sa force, son pouvoir de séduction. Sa pâtisserie attirait les gens et les ramenait à elle. Ils avaient trop envie d'y goûter une nouvelle fois.

Son gâteau de mariage serait si merveilleux, à la fois aérien, léger et spectaculaire, qu'Anaïs, éblouie, enfin conquise, ne l'oublierait jamais.

En rester baba

Les jours sont des fruits et notre rôle est de les manger.
(Jean Giono)

Cela faisait plusieurs minutes que Nésilla contemplait le petit garçon de ses voisins qui trottinait dans son jardin. Il avait neigé la nuit précédente et l'enfant, émerveillé, s'amusait à faire couler les cristaux brillants entre les doigts de ses moufles. Un peu pataud pour avancer dans la couche épaisse qui s'accrochait à ses pieds et le faisait trébucher, il riait à chaque culbute qui l'envoyait rouler au sol. Il en profitait pour s'y enfoncer. Il s'emparait d'une nouvelle poignée duveteuse et la jetait au loin pour le plaisir de la voir s'éparpiller en gerbes pailletées d'une étonnante douceur. Comme la neige était belle, et soyeuse. Comme le bambin était heureux.

Nésilla le dévorait des yeux. Elle aurait voulu sourire à sa joie de vivre, rire devant sa grâce maladroite de petit lutin. Elle aurait voulu être capable de l'accompagner dans son innocence. Emprisonner ce moment. Le retenir dans un coin de ses souvenirs.

Elle ne fit aucun geste. Ce petit garçon adorable n'était pas le sien. Il ne s'appelait pas Bastien. Elle ne pouvait que regarder, en se rappelant l'émotion qui l'avait étreinte quand son Bastien à elle avait découvert la neige pour la première fois. Lui aussi avait pataugé dans le manteau moelleux, maladroit dans des grosses bottes fourrées trop grandes pour lui. Lui aussi avait caressé les fleurs de coton étendues à ses pieds. Il les avait portées à sa bouche pour y goûter, les avait recrachées car il les avaient trouvées froides. Lui aussi avait eu cinq ans.

C'était il y avait bien longtemps. Dans un autre monde. Un monde qui se partageait alors à trois: une figure à trois pointes, un triangle, avec à la base le couple formé par Jean-Baptiste et Nésilla, et, pour former le dernier angle, au sommet: Bastien. Le petit garçon amoureux de la neige, des pâtés dans le sable à reconstruire à l'infini, des pâtisseries maternelles; amoureux de Léa, une de ses camarades de classe, mais en numéro deux. Sa maman venait d'abord.

Les années avaient défilé. Elles avaient posé leur marque sur le triangle familial. Elles l'avaient aplati peu à peu. Bastien grandissait, mûrissait, s'individualisait. Et puis tout d'un coup, sans prévenir, la base pourtant solide s'était écroulée, comme si un coup de marteau indomptable l'avait renversée. Un séisme souterrain qui avait rompu, non pas une faille terrestre, mais un anévrisme dans le cerveau de Jean-Baptiste.

Le coin droit avait lâché la ligne. Elle s'était cassée. Tel un élastique fulgurant elle avait rebondi sur le côté gauche du triangle qui n'en était plus un. Elle avait explosé dans la figure de Nésilla et avait envoyé Bastien achever ses études dans la grande ville, puisqu'il n'y avait plus de fondations pour le retenir. L'électron s'était libéré de son noyau, et le noyau restait seul, avec ses souvenirs, sa nostalgie du temps d'avant, sa solitude sournoise qui abîmait tout, s'infiltrait partout.

Dans le monde d'après, les souvenirs régnaient en souverains tyranniques et insurmontables. Ils pleuraient la mort de Jean-Baptiste et l'éloignement progressif de Bastien, qui s'envolait, loin des éclats de rire attendrissants de ses cinq ans. Il s'enfuyait vers une silhouette de femme toute vêtue de blanc, blonde et mince, qui remorquait derrière elle deux fillettes en robes longues et une mère fraîchement divorcée. Les figures féminines se mêlaient pour ne former qu'une masse colorée, une tribu: la tribu Decongre.

Nésilla s'arracha brutalement du spectacle du petit garçon jouant dans la neige. Ce n'était pas Bastien. Ce ne serait jamais Bastien. L'adulte qu'il était devenu, comme l'enfant des voisins, aimait le blanc et allait se marier.

— Maman, j'aimerais que ce soit toi qui officies.

Le fils ingrat avait de nouveau craché son plaidoyer. Il l'avait lancé comme une revendication, quelque chose qu'il était impossible de refuser. Sa mère devait lui faire prononcer ses vœux et les recueillir sur les papiers officiels. C'était sa signature qui devait figurer sur le registre d'état civil. C'était elle qui devait donner la main de son fils à la femme qu'il avait choisie et que malheureusement elle n'appréciait pas. Il n'en démordait pas. Il voulait que sa mère symbolise pour lui l'autorité suprême de l'État, sans comprendre quelle torture il lui infligeait. Parce qu'elle n'aimait pas sa future femme. Pire, elle la redoutait. Elle avait peur de l'influence négative qu'elle était en train d'imposer peu à peu à Bastien. Alors lui demander de recevoir leurs serments, c'était valider leur amour à la face du monde. C'était donner son accord et s'en réjouir, les bénir de s'unir et de l'abandonner.

S'en réjouir? C'était insupportable. C'était de la folie, un cauchemar, un trou noir en perdition qui l'appelait, qui voulait l'amadouer, la tenter, pour mieux ensuite l'engloutir. La tenter de quoi? De donner son fils à la froide Anaïs? Quelle dérision. Elle allait devoir prononcer les mots qui uniraient l'être qu'elle aimait le plus au monde, l'homme de sa chair, de son sang, et une femme qu'elle serait incapable d'aimer et qui ne l'aimait pas non plus, et qui la repousserait. Et parce que ces mots représenteraient l'État, ils auraient force de loi. Ils seraient ineffaçables. Parce qu'ils transiteraient par Nésilla, ils gagneraient encore en puissance. Ils deviendraient plus forts.

Ce que Bastien lui demandait, c'était de s'investir dans son mariage, non pas en tant que spectatrice dégoulinante de larmes, qui s'émeut de voir son fils unique donner son cœur à une autre femme, mais en tant que protectrice de leur amour, cet amour qui lui déchirait le corps et qu'elle aurait voulu écraser contre un mur pour le réduire en cendres.

Pendant quelques secondes, elle repensa aux photographies truquées qu'elle avait imaginé envoyer à Bastien afin de semer le doute et la jalousie dans son esprit. Elle ne les fabriquerait pas. Elle avait trop honte. Elle ne voulait pas blesser son fils.

Alors elle le marierait, puisqu'il le lui demandait. Puisqu'il avait pensé à elle. Elle n'allait pas refuser la main qu'il lui tendait et qui lui disait qu'elle avait encore un rôle à jouer pour son avenir. Qu'il lui offrait une place à prendre dans sa vie. Finalement il y avait peut-être là une chance d'atteindre Anaïs. La dédaigneuse et ambitieuse fiancée ne lui avait pas ouvert son cœur. Elle ne lui avait laissé aucune porte vacante. Elle n'avait pas succombé à ses pâtisseries. Rien ne disait qu'elle succomberait à la pièce montée fabuleuse que Nésilla prévoyait de confectionner. Mais entrer dans la peau d'un officier d'état civil, revêtir l'écharpe bleu, blanc, rouge symbole des pouvoirs concédés, voilà qui devait mater Anaïs, la laisser pantoise, humble, bref: l'impressionner.

* * *

La question posée par Bastien nécessitait un plan d'action, et une visite qu'il rendit à sa mère dans les premiers jours de janvier.

— Tu souhaites que je joue le rôle de l'officier civil, s'écria Nésilla dès que son fils entama le dialogue. Je veux bien. Pourquoi pas en effet? Ca paraît simple: le maire me donne ses pouvoirs. Je le remplace. Sauf que je ne suis pas conseillère municipale.

— Tu oublies que les élections ont lieu en mars. Tu n'as qu'à te présenter.

— C'est ça ton idée? Tu veux que je me présente aux élections?

La stupeur qui bouillonnait dans la voix de Nésilla fit comprendre à Bastien qu'il n'avait pas été suffisamment explicite.

— Tu pourrais t'inscrire sur la liste du candidat. Je ne te demande évidemment pas de devenir maire, mais de t'inscrire sur la liste des membres de son Conseil.

— Mais il y aura sûrement plusieurs candidats, et donc plusieurs listes, protesta Nésilla.

— Le village compte à peine deux mille habitants. Tu crois vraiment qu'une si petite commune peut s'offrir le luxe d'avoir plusieurs prétendants? A mon avis il n'y aura qu'une liste. A ce niveau, il n'y a pas de parti politique qui s'affirme. Il s'agit plus d'une question d'affinités et de relations entre les gens.

Il avait débité son petit discours d'une voix tranquille qui ne tremblait pas, comme si pour lui l'affaire était jouée d'avance. Où puisait-il tant de confiance? se demandait Nésilla. Il avait grandi en enfant timide, vite effarouché, pendu aux basques d'un père qui parlait beaucoup et faisait souvent les questions et les réponses sans s'en rendre compte, sans laisser aux autres le temps de réfléchir. Bastien était resté éteint, comme en retrait. Il avait beaucoup écouté, beaucoup appris sans doute.

A la mort de Jean-Baptiste, quand les questions avaient commencé à s'accumuler, il n'avait pas eu d'autre choix que de formuler des réponses. Il s'était enhardi peu à peu, il avait pris de l'assurance. Il se sentait capable dorénavant de régenter les listes électorales du village dans lequel il avait décidé de se marier. Tout lui semblait facile. Il suffisait de vouloir.

— Je suis pâtissière, je n'ai aucune vocation pour devenir conseillère municipale, contra Nésilla.

— Tu ne veux pas me marier, avoue-le.

— Non, ce n'est pas ça. C'est juste que l'engagement que tu me demandes de prendre n'est pas à considérer à la légère, du genre de ceux qu'on occupe une journée avant de les abandonner. Il s'agit d'un engagement dans la durée.

— Je sais que je te surprends en te demandant de te présenter aux élections, répliqua Bastien avec cette fois des bribes d'hésitation dans le ton, qui se mêlaient aux mots et les faisaient trébucher. C'est quelque chose à laquelle tu n'a jamais réfléchi parce que tu ne l'as jamais envisagé. Mais penses-y franchement, calmement: est-ce que ça ne t'intéresserait pas de participer à la vie de ton village, pour y apporter des idées d'innovation peut-être, des projets d'embellissement, que sais-je? Chaque habitant a un rôle à jouer, parce que c'est son village et qu'il est important qu'il s'y sente bien. Tu pourrais t'investir comme tu voudrais, c'est comme partout: il y a des élus qui donnent beaucoup de leur temps, et d'autres beaucoup moins. J'imagine que c'est une question de disponibilité et de motivation. Est-ce que tu ne peux vraiment pas envisager d'assister à des réunions qui ont pour but d'améliorer ta qualité de vie ainsi que celle de tous tes voisins?

Nésilla ne sut pas quoi répondre. Bastien la bousculait. Il la forçait à s'interroger sur son implication dans la vie de son village et cela la perturbait. En agissant ainsi, il lui envoyait un coup bas, parce qu'il voulait obtenir sa reddition. Mais en même temps, elle y lut un réel intérêt pour elle, un souci peut-être de l'intégrer dans une vie sociale et associative dont pour l'instant elle avait été absente, mais qui pouvait s'avérer une aide précieuse pour lutter contre la solitude grandissante qui la tirait dans son gouffre en lui rappelant que telle était désormais sa voie.

En la questionnant sur son implication au sein de sa commune, Bastien la forçait à regarder la vérité en face, cette terrible vérité contre laquelle elle ne pouvait pas lutter: Jean-Baptiste était mort, et Bastien l'abandonnait pour construire sa vie avec la femme de son cœur. Il passerait la voir de temps en temps, si l'opportunité se présentait, ou si Anaïs l'y autorisait, mais elle ne devait rien attendre de plus. C'était la question de son isolement finalement qu'il faisait jaillir en pleine lumière. Et il avait raison. Son monde était en train de changer, il basculait sous les pertes. Qu'allait-elle devenir dans le monde d'après? Qu'allait-elle faire?

— Je vais aller voir le maire, décida-t-elle. Me renseigner. J'espère que les listes ne sont pas encore closes et que les gens ne se battent pas au portillon pour s'inscrire.

— Je pense plutôt qu'ils seront contents de trouver une volontaire. Et dis-toi bien que si ça ne te plaît pas d'être conseillère municipale, tu pourras démissionner après notre mariage. Il aura certainement lieu au mois de juin. Tu tiendras bien jusque là.

— Ton Baba, tu le veux au rhum, ou dans la figure?

— Allez maman, c'était pour rire.

Bastien entreprit d'engloutir son gâteau aux allures d'éponge, doré comme un tournesol. Il s'amusa à presser la pâte rebondie pour la faire dégorger, puis en guise de conclusion, il lécha le sirop échappé avec une délectation qui cette fois se passa de mots et préféra rester silencieuse.

Il ne se sentait pas fier de lui. Il avait l'impression d'avoir poussé Nésilla dans une direction qui la dépassait et qu'elle n'avait acceptée que pour lui faire plaisir, du bout des lèvres. Il s'était pourtant attendu à plus d'engouement de sa part et se rendait compte que, comme d'habitude, il s'était emballé sur un projet sans se demander si elle le suivrait dans son délire. C'était un de ses défauts. Il ne tenait pas suffisamment compte des aspirations des gens. Il supposait trop facilement qu'ils partageaient les mêmes que lui. Il bouillonnait d'un enthousiasme si irrésistible qu'il prêtait aux autres des dispositions d'esprit similaires aux siennes, à tort.

Il avait cru que Nésilla serait enchantée de le marier. Devenir conseillère municipale étant la seule option, il avait naturellement pensé qu'elle sauterait sur l'occasion, non pas simplement pour tenir le rang d'officier civil lors de son mariage, mais aussi parce qu'elle y trouverait un intérêt plus personnel. Une occupation prenante qui pourrait lui plaire, il en était convaincu, et dans laquelle elle pourrait jouir de multiples satisfactions dont elle n'avait pas idée. Parce qu'elle n'y avait pas réfléchi. Il l'avait prise de court.

C'était peut-être pour cette raison qu'elle s'était montrée timorée. Il l'avait bousculée. Elle n'avait pas eu le temps de se projeter. Elle était restée hésitante sur le pas de la porte qu'il lui avait brusquement ouverte, déstabilisée par le paysage nouveau qu'elle n'avait pu qu'entrevoir, sans avoir pu en envisager les avantages. Son attention s'aimantait encore à ce qu'il y avait derrière elle, comme si elle était retenue, happée par ce qu'elle connaissait, et donc incapable d'appréhender l'inconnu.

Il faut qu'elle voit du monde, se disait Bastien. Qu'elle se bouge de son quotidien. Qu'elle peuple de rencontres et d'échanges ses soirées solitaires frappées au coin de l'absence. Il ne voulait pas changer d'avis. Il sentait qu'il avait raison de la projeter en avant. Il y avait trop de vide dans ses journées, trop de manque. Elle façonnait des gâteaux fabuleux, elle semblait s'en contenter, mais cela ne suffisait pas. Ses mains seules participaient au travail. Il lui fallait une occupation à façonner dans sa tête, à coup de réunions, de discussions stimulantes, d'organisations de fêtes. Elle pouvait en tout cas essayer. Elle n'avait pas grand-chose à perdre au final, à part quelques miasmes de son temps. Et du temps libre, elle n'en manquait pas. Elle n'avait qu'à puiser dans celui qu'elle usait en solitaire depuis qu'il avait quitté la maison.

La dernière cuillerée de baba le déculpabilisa entièrement quand il vit le sourire attendri que Nésilla portait sur lui. C'était le sourire nostalgique d'une mère, à la fois fier et résigné. Un sourire muet, qui parle par les yeux et qui raconte que parfois il perd sa joie, il pleure, il a besoin d'une échappatoire.

La robe ne fait pas la Religieuse

Manger n'est pas se tuer à petit feu, mais entretenir son petit feu.
(Simonetta Greggio)

Il n'y avait pas le choix. Il fallait rencontrer le maire. C'était la première étape indispensable.

Nésilla se rendit à la mairie dès le lundi suivant, jour de son repos hebdomadaire. C'était un bâtiment moderne, aéré, avec un grand hall vitré dévoré par des portes rouges derrière lesquelles se cachaient les services administratifs de la commune. Aiguillée par la secrétaire qui présidait à l'accueil, Nésilla poussa la porte du milieu. Elle suivit le couloir qui longeait les salles de réunion et déboucha devant une autre porte qui lui sembla plus écarlate encore que celles de l'entrée, plus proche de la couleur du sang que de celle des coquelicots, peut-être parce qu'elle la rapprochait de la tête exécutive. C'était là, de l'autre côté, que le maire travaillait à son bureau.

Bien bâti sur deux jambes solides qui supportaient un torse légèrement rembourré, brioché sur le ventre, Augier Daoux avait gagné l'estime de ses concitoyens par une bonne humeur et une disponibilité d'esprit qui se lisaient jusque dans son visage. Dans chacune de ses joues s'agitaient des fossettes qui riaient en permanence. Ses yeux clairs, curieux, attentifs, semblaient toujours prêts à écouter et son crâne chauve, poli comme un miroir, renvoyait aux gens ce qu'ils souhaitaient y voir.

Nésilla ne le connaissait que de loin, pour l'avoir entendu lors des cérémonies officielles qu'il avait présidées. Elle ne lui avait jamais parlé en particulier. Ce n'était pas lui qui avait prononcé le discours rendant hommage à son mari lorsqu'il avait été enterré. C'était l'ancien maire, Félicien Petit, qui s'y était attelé. Augier n'était apparu sur la scène publique que quelques années plus tard.

Nésilla s'éclaircit la bouche avant de présenter sa demande, intimidée, non par l'homme jovial qui attendait calmement, mais par les mots qu'elle avait prévu de prononcer et qui s'entêtaient à rester coincés. Elle avait pourtant longuement préparé son discours. Elle le connaissait presque par cœur, mais elle ne se sentait pas à l'aise avec le contenu. L'introduction mensongère la rebutait. Elle n'avait pas l'habitude de donner de fausses raisons à ses actes.

— Cela fait un moment que j'aimerais m'investir dans les affaires de la commune, commença-t-elle en reprenant les arguments que lui avait opposés Bastien. Je pense pouvoir apporter des idées, participer au bien-être des gens du village, être utile, j'aimerais l'être du moins. Enfin bref, je me suis dit que je postulerais bien pour être conseillère municipale. Je travaille à plein temps mais j'essaierai de participer le plus possible. Enfin, s'il y a de la place pour moi.

Elle s'empêtrait, sa voix chevrotait. Mais ses hésitations paradoxalement rendaient ses phrases sincères et touchantes. Elles semblaient émaner d'une personne timide mais motivée qui prenait sur elle malgré ses difficultés d'élocution, tellement elle souhaitait entrer dans le cercle communal. Augier fut en tout cas sensible à son embarras, et il répondit avec un empressement amusé:

— Cela fait du bien de voir une femme volontaire se présenter d'elle-même à ce bureau. Jusqu'à présent, j'ai dû aller débusquer jusque chez elles les rares que j'ai pu recruter.

— Vous voulez dire, lors des précédentes élections, quand vous avez établi votre liste, vous avez fait du porte-à-porte?

— J'ai effectivement démarché plusieurs personnes afin de finaliser mon équipe. Quand je me suis lancé dans l'aventure, j'avais déjà un groupe solide autour de moi, prêt à m'encadrer, mais il manquait quelques noms. Vous ne le savez peut-être pas: sur chaque liste doivent figurer vingt personnes. Dix-huit seront élues, les autres seront remplaçantes. C'est le nombre officiel validé par le gouvernement pour une commune de la taille de la nôtre.

Nésilla baissa les yeux, faussement modeste: elle le savait. Elle s'était renseignée afin de mieux mesurer ses chances de réussite. Elle savait aussi que dans les communes de plus de mille habitants, la règle de parité devait s'appliquer, ce qui exigeait que la liste des prétendants aux élections municipales se compose alternativement d'un candidat de chaque sexe. C'était une règle qui pouvait tourner à son avantage. Augier l'avait avoué: il devait aller solliciter les futures volontaires à leur domicile. Elles ne se battaient pas pour faire partie de l'arène communale. Elles manquaient abruptement à l'appel.

— Comment dois-je procéder pour poser ma candidature? demanda-t-elle.

— Il faudrait d'abord que vous décidiez sur quelle liste vous souhaitez vous inscrire, répliqua Augier. Pour l'instant deux candidats au poste de maire se sont fait connaître. Peut-être y en aura-t-il un troisième, tout est possible. Chaque candidat devra rendre sa liste officielle complète le 27 février.

— Deux, voire trois candidats ? s'écria Nésilla, alors qu'une panique sournoise se faufilait à l'intérieur de son crâne.

Elle avait cru que la principale difficulté serait de se faire accepter sur une liste, mais une nouvelle complication déjà se présentait, qui paraissait insurmontable car le hasard y jouait un trop grand rôle. Et Bastien qui avait prétendu qu'il n'y aurait qu'un seul volontaire! Comment dans ces conditions choisir le candidat qui aurait le plus de chances de remporter les élections? Elle n'avait pas le droit à l'erreur si elle voulait marier son fils. Aurait-elle d'ailleurs le choix? Les listes étaient peut-être déjà remplies à bloc.

Augier, qui ne la quittait pas des yeux, vit sa consternation, sans la comprendre.

— Je me représente pour un second mandat, déclara-t-il. Ma liste n'est pas encore complète. Certains élus sortants souhaitent poursuivre l'aventure avec moi, d'autres quittent le navire pour aller voir ailleurs, ou rester chez eux. Il y a de la place pour une femme. J'aimerais cependant en savoir un peu plus sur vous.

L'entretien commençait, sérieux, sévère, percutant, comme pour une embauche. Nésilla allait devoir parler de ses motivations, les inventer. Il valait mieux éviter de révéler que le poste d'élue de la commune n'était pour elle que le moyen d'obtenir le droit de marier son fils. Augier lui rirait au nez. Elle n'avait ni antécédent ni expérience dans la vie associative. Elle n'était qu'une habitante anonyme au milieu des autres, une inconnue qui osait demander à occuper une place auprès de lui. Pourquoi Augier accepterait-il qu'elle rejoigne son équipe puisqu'elle n'avait rien à lui apporter, à part son appartenance au sexe féminin? Et s'il la recrutait, ne serait-ce pas en désespoir de cause, pour bloquer des noms sur sa liste, parce qu'il manquait de personnel prêt à le suivre? Ce n'était guère encourageant quant à ses chances de gagner. Qu'avait-il sous-entendu quand il avait parlé de ses anciens collègues qui avaient « quitté le navire pour aller voir ailleurs »? Qu'ils avaient décidé de s'investir dans une autre activité parce que siéger au Conseil ne leur convenait plus? Avaient-ils été déçus? Frustrés? Pourquoi? Ils étaient allés voir ailleurs. Mais où? Dans d'autres associations demandant moins d'énergie et d'implication? Ou sur la liste de l'autre candidat?

— J'ai quarante-neuf ans, je suis pâtissière, je travaille chez Aubeterre, récita Nésilla sans y mettre de conviction.

A quoi bon? Elle ne savait plus ce qu'il fallait faire pour se trouver au bon endroit, au bon moment. Et être élue.

— C'est vous qui faites ces gâteaux divins que j'achète régulièrement chez Aubeterre? s'écria Augier.

— C'est moi.

— Et je ne le savais pas! Et vous habitez ici! tempêta Augier. J'aurais dû davantage vanter vos mérites à la vendeuse. Elle m'aurait dit que ma commune avait la chance d'héberger votre talent. Ou à mes subordonnés, qui sont gourmands comme moi, et ne m'ont pourtant jamais parlé de vous.

Médusée, Nésilla assista à la métamorphose d'Augier. De clairs, ses yeux virèrent au sombre de l'orage avant la pluie. Ses fossettes rieuses se recroquevillèrent pour ne plus former que deux fines entailles crevées. Et sa voix gronda, bouillonna. Elle subissait l'assaut d'une colère que rien ne semblait pouvoir canaliser.

— Et l'on dit que « manger est un vrai bonheur* »! Pourquoi aussi ne vous êtes-vous pas manifestée, hein? Quand on travaille aussi bien pour les estomacs, on n'a pas peur de le proclamer haut et fort. On vient voir le maire, on lui dit: « Eh oh, c'est moi qui vous régale chez Aubeterre et j'habite dans votre commune. Organisez-moi une cérémonie d'honneur, je vous ferai goûter mes dernières spécialités. Et la municipalité offrira le champagne ».

Nésilla n'en revenait pas. Elle était arrivée à la mairie en position d'infériorité, la tête basse, comme une mendiante. Et elle se faisait enguirlander parce qu'elle n'était pas venue plus tôt mettre ses capacités en avant. Le maire en personne la réclamait.

— Vous n'êtes pas vaniteuse, n'est-ce pas? enchaîna-t-il sur un ton plus doux qui chassait le tonnerre.

Sa colère s'était envolée aussi soudainement qu'elle avait jailli. Il avait retrouvé ses joues enjouées et sa belle humeur, comme s'il n'avait fait que jouer un rôle passager, sans vraiment penser ce qui lui avait échappé, un rôle de théâtre. Seules quelques gouttes de transpiration luisant sur son crâne lisse trahissaient son émotion.

— Je pense être une bonne cuisinière, répliqua Nésilla, qui avait récupéré un peu d'assurance. Mais je ne le crie pas sur les toits. J'aime confectionner des gâteaux pour mes proches. Le reste de mon talent, comme vous dites, et je vous en remercie, est réservé aux clients de la pâtisserie.

Je pourrais envisager de faire bénéficier la mairie de mes services, si je suis élue, ajouta-t-elle perfidement.

Elle retint son souffle, en attendant la riposte d'Augier. Elle ne savait pas comment il allait réagir à sa provocation. Elle avait pourtant l'impression de posséder un atout précieux en main, sans en connaître exactement la valeur. La gourmandise rassemblait les gens, les appâtait. Le chef pâtissier Pierre Hermé en parlait comme d'une source inépuisable de bonheur. C'était sur cette faiblesse qu'elle comptait pour séduire la future femme de Bastien, en lui confectionnant la plus exquise pièce montée qu'elle serait capable de créer. S'imposer à elle en la mariant. Se l'attacher par l'originalité et la splendeur de son gâteau. C'était là les deux missions qu'elle devait remplir, dont le sort reposait entre les mains d'Augier.

— Je ne manque pas d'idées pour utiliser vos compétences inattendues, déclara le maire sortant avec une satisfaction qu'il ne cherchait pas à dissimuler. Jusqu'à présent, pour toutes les cérémonies officielles, nous avons fait appel à Didier Braque, le boulanger. Ses galettes pour la fête des rois sont acceptables, mais ses petits fours ne sont pas à la hauteur. Sa spécialité à lui, c'est le pain. Il nous manque un pâtissier digne de ce nom au village. Aubeterre est trop loin, et trop cher.

Avec vous en lice, on pourrait faire de grandes choses. On pourrait même ouvrir une pâtisserie. Mais oui, s'enflamma-t-il, il y a une maison vide qui appartient à la mairie et qui serait parfaite. Elle donne sur la place centrale, en face de l'école. Elle est donc très bien située, proche des commerces, et se retrouve en plus desservie par des emplacements de parkings faciles d'accès. Ce serait l'endroit idéal. Depuis le temps que je cherche à dynamiser cette place!

Augier s'excitait. Il enchaînait les phrases à toute vitesse. Le rêve qu'il élaborait comme sous le coup d'une révélation subite, brillait dans ses yeux. Il s'y reflétait, y brûlait. Nésilla vit devant elle l'homme galvanisé qui sait charmer les foules, qui sait faire parler son enthousiasme, convaincre et fédérer. Elle l'écoutait le sourire aux lèvres, conquise par sa vision, d'abord curieuse, puis très vite gagnée à sa cause, certaine qu'effectivement un lieu dédié à la gourmandise manquait au village.

Son sourire s'effaça sans qu'elle y prenne garde. La fièvre de la ferveur s'empara d'elle. Elle croyait à ce projet. Elle pourrait aider à sa résolution. Elle connaissait des pâtissiers qui seraient peut-être intéressés pour s'installer dans le village, surtout si la mairie participait aux frais. Elle pourrait donner ses conseils pour la rénovation du bâtiment, notamment en ce qui concernait l'atelier de fabrication, en suggérant l'emplacement des fours et d'un plan de travail grand et sobre, pratique, muni de multiples rangements pour les outils culinaires. Elle ne s'inspirerait pas de l'atelier dans lequel elle travaillait chez Aubeterre, ce serait l'inverse: elle ne reproduirait rien de ce qu'il y avait là-bas. Elle y était trop à l'étroit, à toujours se cogner dans les billots de préparation, obligée de multiplier les allers-retours pour aller chercher les denrées dont elle avait besoin et qu'on stockait dans une petite pièce à l'écart. Elle apporterait l'expertise éclairée d'une professionnelle.

— L'inauguration d'une pâtisserie pourrait être l'un des pivots de notre campagne, conclut Augier.

Nésilla se décomposa. La remarque du maire sortant lui rappela qu'il y avait un autre candidat en lice, éventuellement un troisième encore inconnu, avec d'autres projets en tête, plus séduisants peut-être aux regards de la population locale.

Soigner la gourmandise, l'attiser, c'était bien, mais après tout, le village s'enorgueillissait déjà d'une boulangerie, qui proposait des gâteaux corrects. Et pour les gourmands vraiment gourmets, la boutique d'Aubeterre ne se trouvait qu'à une dizaine de kilomètres. La nécessité mise en avant par Augier n'avait soudain plus vraiment de sens. Il y avait d'autres priorités à envisager pour dynamiser le village: la rénovation du gymnase, qui servait aussi de salle polyvalente, par exemple. Il était vieux et mal isolé, il tenait le coup, mais l'équipe qui en ferait le fer de lance de sa campagne électorale s'attirerait à coup sûr la sympathie de nombreux habitants.

Sur quels projets le candidat adverse souhaitait-il s'engager? Seraient-ils porteurs? Lui offriraient-ils une meilleure chance de gagner?

Nésilla soupira, indécise soudain. Si seulement il n'y avait qu'une liste en jeu. Quel parti devait-elle prendre? Pour quelles chances?

— Quel est l'autre candidat? demanda-t-elle.

Il fallait savoir, récolter des informations, éclairer les zones d'ombre qui, avides de faire culbuter ses décisions, prenaient un malin plaisir à s'entasser sous son crâne.

— Félicien Petit, l'ancien maire qui officiait avant moi, se présente. Je l'avais battu de justesse aux dernières élections, et cette année, il veut prendre sa revanche, commenta sobrement Augier.

Félicien avait perdu six ans plus tôt face à l'ambition d'un nouvel arrivant sur la scène publique, un homme plus jeune que lui, plus dynamique, avec des idées plus modernes qui avaient davantage séduit les villageois. Pourquoi?

Qu'avait-il proposé de mieux que Félicien? Nésilla ne se rappelait plus.

Elle résolut de compulser les programmes qu'ils avaient chacun proposés afin de comprendre en quoi celui d'Augier avait été jugé meilleur. Elle espérait arriver à se faire une idée de ce en quoi croyait Félicien Petit, quels étaient ses centres d'intérêt, ses priorités. Du moins quelles avaient été ses priorités à l'époque. En six ans, son point de vue avait certainement évolué. Il avait eu le temps de se préparer à la revanche en étudiant les points faibles de sa campagne, ceux qui lui avaient porté préjudice, s'il parvenait à les décortiquer en les comparant à ceux de son rival. Il avait ruminé son échec, construit une nouvelle liste qui, en six ans, avait échafaudé un programme certainement alléchant. Il l'avait soigné en s'appuyant notamment sur les lacunes de sa précédente stratégie, mais aussi sur celles d'Augier. Il y avait toujours des engagements non tenus, par manque d'argent, d'expertise, ou de temps. Et du temps, Félicien Petit en avait eu, pour bâtir pas à pas sa future victoire.

Nésilla l'imagina tissant sa toile pendant six ans, s'y installant sournoisement, y récoltant idées et plaintes de ses concitoyens comme autant de proies nécessaires à son appétit. Son programme était peut-être prêt, se dit-elle. Elle devait aller le voir, pour qu'il lui en détaille les plus grandes lignes. Elle pourrait alors juger de sa valeur, et si elle le trouvait prometteur et qu'il restait une place pour elle sur la liste, elle proposerait ses services.

C'était sa seule chance. Elle ne pouvait pas s'engager auprès d'Augier sans savoir ce qui se tramait dans le camp adverse, malgré l'intérêt qu'évoquait en elle sa suggestion de pâtisserie. La victoire ne dépendait pas du projet dans lequel elle préférait s'engager, elle se jouerait sur l'appréciation de ses concitoyens. La campagne qui l'emporterait au final serait la plus attractive, celle qui prendrait en compte le caractère polyvalent de la population et répondrait à ses attentes, en touchant un public large. Au détriment peut-être de la faisabilité qui souvent échappait aux électeurs mal informés, toujours accrochés à celui qui parlait le plus fort parce qu'ils ne cherchaient pas à comprendre, à voir plus loin.

— Alors, je t'inscris sur ma liste? coupa Augier qui, maintenant qu'il avait cerné Nésilla et voyait l'énorme potentiel qu'il pourrait en tirer, s'autorisait quelques privautés en faveur d'une simplicité chez lui plus naturelle. Tu veux bien être des nôtres?

Nésilla faillit répliquer qu'elle souhaitait réfléchir encore quelques jours avant de s'engager mais elle se ravisa en réalisant que, si elle attendait trop, une autre volontaire risquait de prendre la place, sans qu'il y ait de retour possible.

— Oui, je vais m'inscrire, annonça-t-elle en pensant que sa réponse après tout n'avait pas valeur d'engagement définitif.

Si la liste de Félicien Petit lui paraissait avoir de meilleures chances de remporter l'élection, elle se dédierait. Elle agirait vite et Augier aurait jusqu'aux derniers jours de février pour trouver une remplaçante. Il avait certainement quelques noms en tête. Elle ne gâcherait rien. Il reprendrait son porte-à-porte pour aller dénicher la bénévole manquante.

— J'espère avoir complété mes vingt noms d'ici la fin de la semaine prochaine, déclara Augier. Nous pourrons alors nous réunir pour préparer notre campagne et élaborer notre programme.

Nésilla quitta la mairie dans un état trouble qui oscillait entre satisfaction et mécontentement. Satisfaction d'être inscrite sur la liste du maire sortant dont elle appréciait l'enjouement et l'enthousiasme; et en même temps mécontentement, parce que son devoir n'était pas entièrement accompli, loin de là. La mission qui lui restait à organiser pesait plus lourd que le billot de bois qui occupait une grande partie de l'espace dans son atelier chez Aubeterre. Elle la redoutait tout en l'estimant nécessaire. Arriverait-elle à approcher Félicien Petit? Comment accueillerait-il ses questions?

L'image qu'elle gardait de lui depuis l'enterrement de son mari était celle d'un homme bourré de graisse, à la voix curieusement nasillarde qui surprenait sur un corps si gras. Il avait raconté une histoire mille fois répétée dans laquelle les morts vivaient pour toujours dans la mémoire de leurs proches, que « leur vrai tombeau se trouvait dans le cœur des vivants »*. Elle avait gardé de son discours une impression confuse. Elle n'arrivait plus à se rappeler si elle avait éprouvé du réconfort en l'écoutant ou si elle avait pleuré de plus belle. Il y avait eu trop de larmes, trop d'amers regrets, trop d'années écoulées aussi.

Son esprit torturé par le chagrin avait tout de même enregistré certains détails, et c'était eux qui revenaient en force, avec l'aplomb de vieux amis qu'on a perdus de vue sans y penser mais qui ne se laissent pas oublier et parfois savent rejaillir sans prévenir. Elle se rappelait la grosse tête ronde de Félicien, moustachue, couronnée par des vestiges de cheveux d'un blanc jauni qui se prenait pour de la crème Chantilly. Et sous cette tête dodue, qui parlait beaucoup, d'une voix trop aiguë pour un si gros gabarit, reposait un tronc énorme, engoncé dans un costume sombre. L'ensemble des deux boules, la boule de la tête collée sans cou sur la boule du corps lui avait fait penser à une Religieuse. Il en avait l'esthétisme rondouillard et la couleur opaque, le petit chou empalé sur le gros ventripotent, la graisse flottante, tressaillante, comme prête à déborder au premier coup de vent et à lâcher de gros rôts de crème pâtissière.

Malgré son apparence ridicule, il avait fait son devoir, il avait récité son discours. L'en avait-elle remerciée? Elle ne se souvenait pas. Quant à sa ressemblance avec un dessert, peut-être ne fallait-il y voir que la déformation professionnelle d'un esprit aveuglé par la mort d'un proche et qui se raccroche à ce qu'il connaît bien et qui lui sert de bouée de sauvetage. Elle avait dû être la seule à le comparer à un assemblage de pâte à choux, ou alors jamais il n'aurait été élu. Les religieuses restent cloîtrées dans leur couvent, on ne les trouve pas dans les mairies.

*: *"Manger est un vrai bonheur": Roch Carrier*
*: *"Le vrai tombeau des morts, c'est le cœur des vivants": Jean Cocteau*

Noire comme une Forêt désenchantée

Avant le tout, il n'y avait rien. Après le tout, qu'y aura-t-il?
(Jean d'Ormesson)

La sonnerie du téléphone buta sur du vide. Le silence à l'autre bout s'enclencha sur la voix du répondeur qui prenait le relais. C'était bien le ton nasillard de Félicien Petit. Il n'avait pas changé. Il choquait cependant moins en l'absence de la montagne du corps.

Nésilla raccrocha sans laisser de message. Elle n'aurait pas su quoi dire. Comment résumer en deux phrases succinctes la quête insensée dans laquelle elle s'était fourvoyée? Elle manquait de recul et d'éléments de comparaison.

Elle explora le site de la mairie pour lire les compte-rendus des Conseils Municipaux des dix dernières années. Au rythme d'une réunion par mois, elle avait de quoi s'abîmer les yeux, et le cerveau. Elle survola ceux qui ne parlaient que de remplacement de personnel ou d'ouverture de postes à la cantine de l'école primaire. C'était intéressant pour se mettre dans le bain de ses futures attributions, mais elle avait d'autres priorités en tête.

Elle s'intéressa plus longuement aux séances lors desquelles avaient été votés les travaux de rénovation de la caserne des pompiers ainsi que la création d'un rond-point à l'entrée du village. Cette mesure de sécurité qui aidait à ralentir le trafic routier avait été décidée lors du mandat d'Augier Daoux. Elle devait remonter encore plus loin.

La tête lui tournait. Ses yeux se brouillaient, rouges de fatigue. Elle perdait patience. Elle perdait aussi confiance. A quoi bon fouiller dans ces archives qui reflétaient un passé révolu? Des réalisations avaient été effectuées, des travaux entrepris, parce qu'ils avaient été jugés nécessaires à l'époque. Qu'en tirerait-elle comme conclusion quant aux projets pour l'avenir?

Tenace, elle s'entêta. Elle avait commencé, elle pouvait bien aller jusqu'au bout. Personne ne l'attendait pour manger, dormir, partager du temps avec elle, échanger ses impressions. Personne ne lui raconterait sa journée. Alors elle pouvait bien utiliser la sienne à essayer de découvrir s'il y avait un axe logique, un regard d'ensemble dans la politique qu'avait menée Félicien Petit lors de son mandat. Quels projets avaient fleuri sous sa férule? Quels avaient été ses centres de préoccupations? Son cheval de bataille?

Elle finit par tomber sur les compte-rendus des séances dédiées au vote des budgets. Les titres en majuscules grasses défilèrent devant ses yeux fiévreux: réfection des courts de tennis. Rénovation des vestiaires du gymnase. Construction d'une salle de musculation. C'était net, clair, sans surprises pour s'écarter du droit chemin: les réalisations du précédent mandat tournaient toutes autour des équipements sportifs, alors que l'équipe d'Augier Daoux avait orienté sa stratégie sur l'amélioration de la sécurité dans le village. On n'était pas du tout dans le même registre. L'élan donné à la commune avait viré de bord, au nom de nouvelles priorités.

Pour sa campagne de la revanche, Félicien Petit allait-il conserver la même tactique axée sur les activités sportives? Ou, échaudé par sa défaite précédente, vaincu par un rival qui avait opté pour une dynamique au service des préoccupations d'un public plus large, allait-il s'orienter vers un programme plus ouvert? Plus ambitieux?

C'était là une question importante qui influencerait Nésilla dans ses choix mais qu'elle ne savait pas comment résoudre. D'autant qu'un troisième candidat préparait peut-être dans l'ombre sa liste et ses armes pour la campagne. Qui de Félicien, d'Augier ou de cet aspirant inconnu allait l'emporter? Il n'y avait pas de réponse garantie. Nésilla ne pouvait que supputer, et se perdre dans des conjectures interminables. A moins qu'elle finisse par tirer au sort pour déterminer sur quelle liste elle devait miser pour être élue.

Placée face à un dilemme aussi cornélien, sa tête déboussolée se retrouvait prise dans un étau, comme si un afflux de sang exponentiel débordait de tous les côtés, asphyxiant son cerveau, frappant contre ses tempes, son front, appelant à l'aide pour se vider.

Elle s'affola. C'était de cette façon que la vie de Jean-Baptiste avait implosé. Un soir, après une journée plus éprouvante que d'habitude à son bureau, il s'était plaint de coups violents cognant dans son crâne. Croyant à un surmenage passager, Nésilla ne s'était pas inquiétée, elle n'en avait pas eu le temps. Il s'était écroulé devant elle sans qu'elle puisse le retenir. Elle avait appelé immédiatement les secours. Elle avait hurlé son prénom jusqu'à ne plus avoir de voix, pour qu'il se batte. Elle l'avait supplié de s'accrocher, l'avait inondé de ses larmes. Il était mort sans avoir repris connaissance, noyé dans son cerveau par la mare de son propre sang.

Un instant il était là, souriant, enivré de paroles. Plus qu'une présence: un roc, un pilier, un phare. Il occupait toute la place. La maison tournait autour de lui, de ses bavardages, de ses horaires. Nésilla et Bastien attendaient toujours qu'il rentre du travail pour manger avec lui.

Il était là. L'instant d'après, il était parti pour toujours.

Le drame avait tonné trop subitement. Ils n'arrivaient pas à y croire. Les premiers jours, Nésilla avait fait comme si Jean-Baptiste allait revenir, comme s'il était parti en voyage d'affaires et allait rentrer pour le week-end. Elle avait continué à aligner les gâteaux dans la vitrine de chez Aubeterre avec sa vivacité habituelle. Elle avait confectionné pour le vendredi soir le dessert préféré de Jean-Baptiste: une Forêt Noire abondamment sertie de cerises confites. Il était né près de la frontière allemande et en avait gardé le goût du kirsch et des gâteaux bourrés de crème.

La Forêt Noire avait dépéri dans le réfrigérateur. Elle s'était assombrie, avachie, recroquevillée sur elle-même. L'absence de Jean-

Baptiste l'avait accablée. Chaque fois qu'elle ouvrait la porte, Nésilla butait sur la génoise affalée qui semblait pleurer en noir et blanc. Même les cerises avaient perdu leur teinte rougeoyante, elles s'étaient enfoncées au cœur de la crème, elles y pataugeaient.

Le gâteau était resté prostré jusqu'au dimanche soir, à baver de misère. Ce fut Bastien qui, à la recherche d'un yaourt pour clore son dîner, jeta le vestige dégoulinant.

Nésilla s'était barricadée dans sa chambre. Le geste de Bastien avait déchiré l'écran de brouillard dans lequel elle s'était volontairement enveloppée pour se protéger. C'était comme s'il proclamait à la face de tous que son père était mort et qu'il s'en moquait comme de sa première chemise. Lui, il voulait continuer à vivre sa vie, il fourmillait de projets. Il voulait s'inscrire dans une école d'architecture, il voulait apprendre à jouer au tennis, comme si chaque coup de raquette tapé dans la balle éloignait un peu la figure si oppressante du père.

Il s'était mis à parler de plus en plus lors des repas qu'il partageait avec Nésilla. Il meublait les silences, il prenait de l'envergure. Il remplaçait l'absent, comme si les mots que ne prononcerait plus Jean-Baptiste se réincarnaient dans sa bouche. Comme si la mort de son père le poussait à devenir un autre, plus sûr de lui, plus volubile, par la force d'un silence qu'il fallait rompre pour ne pas sombrer. Il n'y avait plus personne pour lui couper la parole, alors il en profitait.

Nésilla aussi avait profité de la métamorphose de son fils. Il l'avait aidée à se relever. D'abord en comblant les vides qui trop souvent s'invitaient dans sa tête de veuve. La mort si soudaine de son mari la laissait démunie, en plein désarroi, d'autant plus qu'elle n'avait pas pu s'y préparer. Il y avait un avant, un après, et dans cet après qu'elle n'avait pas anticipé, elle se sentait perdue.

Elle continuait à confectionner les pâtisseries les plus succulentes. Dacquoises, ganaches et tartes moussaient sous ses doigts de fée, mais elle agissait mécaniquement, sans y penser. Elle ne proposait plus de nouvelles associations de saveurs pour surprendre les clients et leur donner envie. Elle se contentait de répéter les mêmes gestes jour après jour. Casser les œufs, mesurer avec minutie le sucre et la farine, fouetter sans colère, sans passion, sans état d'âme. Faire fondre les carrés de chocolat sans en remarquer le velouté soyeux. Monter les plaques de génoise ou de croustillant. Gaver de crème neigeuse ou de coulis de fruits. Napper. Etaler le fondant. Décorer.

Elle, d'ordinaire si gourmande, si fière, si consciencieuse, ne goûtait plus ses réalisations.

C'était comme si son cerveau chef d'orchestre était plongé dans un autre monde inaccessible, tandis que ses mains travaillaient à leur guise, sans besoin de coordination, par la seule force de l'habitude.

Par sa conversation, Bastien avait réveillé les voix dans sa tête, et un beau jour, il avait réveillé ses gestes. Sans penser à mal, parce qu'il avait hérité des mêmes goûts que son père, il avait réclamé une Forêt Noire pour son anniversaire. Nésilla ne l'avait pas supporté. Elle aurait pu se réjouir qu'une part de son mari se soit glissée dans la personnalité de plus en plus affirmée de Bastien. Ce fut l'inverse qui se produisit. Elle vit rouge. La colère l'envahit. Il n'était pas question qu'elle refaçonne une Forêt Noire désenchantée dont la couleur macabre évoquait trop fidèlement les squelettes des arbres nus, si tristes pendant l'hiver, quand ils luttent contre l'emprise glacée du froid et de la neige. C'était pour Jean-Baptiste qu'elle avait pris plaisir à en confectionner. Avec sa mort disparaissait ce dessert lugubre beaucoup trop noir. Plus jamais elle n'en referait.

A la place elle allait monter un gâteau lumineux comme un soleil, un Saint-Honoré avec une crème jaune au bon goût de vanille. Elle l'entourerait d'un rempart de choux nappés d'un caramel si doré, si craquant, qu'il brillerait comme de l'ambre liquide et affolerait les pupilles.

La passion de la pâtisserie l'avait reprise. Pas simplement celle du travail bien fait et consciencieux. Avec ardeur et envie, elle retrouvait le plaisir de créer. Des gâteaux colorés, gais, qu'on mangeait d'abord avec les yeux. Elle s'évadait dans ses préparations. Elle reprenait le goût d'une activité qui parlait encore d'absence, mais un peu moins fort puisqu'elle avait Bastien pour occuper son esprit.

Il avait de moins en moins occupé la maison, pris par ses études d'architecture. Mais il continuait à la solliciter régulièrement, pour obtenir un bon repas, ou des conseils avisés sur les plans d'une maison qui lui donnaient du fil à retordre. Elle savait construire des gâteaux gracieux, à la fois solides et aériens. Des bases croustillantes destinées à recevoir des murailles plus ou moins denses, plus ou moins légères. Comme autant de structures nécessitant de grandes fenêtres, sans qu'au final l'assemblage ne s'écroule.

Elle avait gardé le contact avec Bastien, un contact filial puissant qui s'était renforcé avec la mort de Jean-Baptiste, puisqu'il n'était plus là pour s'interposer entre eux. Il avait fallu lutter pour combler la place qu'il laissait vide. Resserrer les amarres. Un lien à deux est toujours plus fort qu'une relation à trois, malgré la distance, malgré les petites amies que Bastien avait fréquentées sans qu'elles soient dangereuses. Elles passaient, interchangeables. Elles ne remettaient pas en cause ses escapades chez sa mère. Elles ne réclamaient pas sa présence inconditionnelle. Elles ne tenaient pas suffisamment de place. Jusqu'à Anaïs.

C'était à cause d'elle que Nésilla se retrouvait accablée, à ne plus savoir comment agir pour ne pas se faire oublier. A devoir enquêter, ou se fier au hasard pour décider quelle maudite liste l'emporterait.

Pour calmer la migraine sournoise qui martelait dans son crâne, Nésilla quitta l'écran de son ordinateur dont les réponses n'apportaient que des questions supplémentaires, et se rendit à la cuisine. Jean-Baptiste lui manquait d'une façon si tangible qu'elle en tremblait. Elle aurait tant voulu qu'il soit là avec elle, pour l'aider à choisir. Il savait observer les gens. Il arrivait à se mettre à leur place. Il l'aurait orientée vers le bon choix, vers la liste victorieuse. Elle n'aurait pas été seule pour décider.

Elle avala une énorme part de tarte au chocolat qu'elle avait ramenée la veille de chez Aubeterre. Une invendue. Se remplir le ventre pour tenter de combler une absence. Pour appeler au secours. Il fallait qu'un poids quelque part s'affale. Que le chagrin du cœur se déplace ailleurs, emporté par quelque chose de plus lourd que lui. Par un éclair à la vanille rond et long comme un cierge d'église.

La chute de la nourriture tirait vers le bas, jusque dans l'estomac. Si Jean-Baptiste avait été là, elle aurait su quoi faire. Elle ne serait pas en train de se morfondre parce que son fils était tombé amoureux fou d'une femme qu'elle n'aimait pas et qui ne l'aimait pas non plus. Pourquoi Anaïs ne l'aimait-elle pas? Elle fabriquait de si bons desserts, cette tartelette amandine aux framboises en était la preuve.

Elle la goba avec délice, ce que jamais ne ferait sa belle-fille. Sa trop belle-fille végan qui n'avait d'affinités qu'avec sa mère et n'avait pas envie d'en créer avec elle parce qu'elle n'avait pas assez de place à l'intérieur.

La peau de son ventre se tendit. Elle posa la main dessus comme pour retenir la nourriture ingurgitée, la caresser, la malaxer, la digérer. Son estomac était révulsé par la montagne de sucre empilé de force. Il suffoquait. Il avait envie de tout rendre.

Pourquoi Bastien s'était-il entiché d'une femme snob, trop attachée à sa mère pour ouvrir son cœur à une seconde? Nésilla aurait tant aimé avoir une belle-fille aimante, pour lui tenir compagnie de temps en temps, parler des enfants, des petits-enfants, de cuisine, de contraception, de ménopause, de tous ces petits désagréments féminins qui ne s'évoquent qu'entre femmes. Elle n'avait pas eu de fille. Celle qu'elle avait tant souhaitée avait refusé de naître. Elle avait préféré tirer sa révérence avant d'avoir rien vu, rien vécu, en s'enfuyant dans un ruisseau de sang. Comme si elle avait eu trop peur de souffrir et avait choisi de renoncer. Tous ces prénoms que Nésilla et Jean-Baptiste avaient préparés s'étaient mis à pleurer, les Séverine, les Delphine, les Marine, c'était eux qui pesaient sur la poitrine. Leurs lettres inutiles appuyaient très fort, trop fort, bourrées de trop de regrets, les regrets de ce qui aurait pu être et qui n'avait jamais eu lieu.

Nésilla dut courir jusqu'aux toilettes pour arriver à temps. Elle s'affala à genoux. Son estomac trop plein déjà se révoltait. Il cracha une mixture liquide qui puait l'overdose et l'amertume. C'était la faute de Séverine, Delphine, Marine, qui n'était jamais née, de Jean-Baptiste qui l'avait abandonnée, d'Anaïs qui ne voulait pas l'aimer, de Bastien qui avait trop grandi et souhaitait se marier. Pourtant, c'était beau, un mariage. Il y avait de la joie à prendre, de l'émotion à donner, du bonheur à partager. Si elle était élue, évidemment. A l'aide de quelle liste? Celle du maire sortant Augier? Ou celle du candidat revanchard Félicien? Elle n'avait toujours pas choisi. Elle piétinait. Elle avait l'impression de ne s'être vidée jusqu'aux tripes que pour mieux revenir à son point de départ.

L'effet Diplomate

Le bonheur est une recette de cuisine.
(Daniel Pennac)

Les partisans d'Augier Daoux se rassemblèrent dans la grande salle de la mairie, le dernier mardi de janvier. C'était leur première réunion tous ensemble, les dix hommes et les dix femmes, avec à la clé un programme à construire, et donc à débattre. Nésilla y prit part sans arriver à s'investir correctement dans les débats. Ils parlaient d'aménagements nécessaires à la vie culturelle de la commune, de modernisation. Citaient-ils les locaux de la cantine scolaire ou ceux de la poste? Elle n'avait pas fait attention.

Elle ne parvenait pas à se remettre de la conversation qu'elle avait réussi à arracher à Félicien Petit, conversation à sens unique puisqu'il avait parlé tout seul, pour au final conclure que Nésilla aurait été la bienvenue mais que son équipe était complète. Il avait joué à l'homme politique basique. Il s'exprimait bien et Nésilla en avait gardé une impression fâcheuse à laquelle elle n'arrivait pas à échapper. Son refus de la prendre faute de place vacante l'avait bien sûr ébranlée, mais elle avait surtout eu peur, et cette peur la paralysait.

Avec son ton bonhomme et terre à terre, qui savait envelopper les choses sans aller droit au but, Félicien pouvait se révéler dangereusement capable d'endoctriner les villageois en manque de repères. S'il présentait un programme attractif, sa campagne s'appuierait sur deux arguments de choix: son charisme et ses projets, dont Nésilla hélas se trouvait exclue.

Elle redoutait tellement qu'il ne remporte les élections qu'elle restait muette auprès de ses nouveaux compagnons de combat. Elle ne parvenait pas à réagir. Le combat justement lui paraissait inégal. Félicien était le plus fort, il s'était préparé pendant six ans. Elle avait perdu. Elle ne pourrait pas marier Bastien.

Il lui sembla que sa voisine de droite argumentait en faveur d'un programme dont le respect de l'écologie devait constituer le moteur. Là encore, malgré les notes proches qui taquinaient son oreille et parlaient de voies vertes, de covoiturage responsable et de centres de recyclage, elle s'en désintéressa. Elle restait neutre.

Une voix grave, sonore, apaisante, prit alors le relais. C'était celle d'Augier, mais exaltée, comme Nésilla ne l'avait jamais entendue, d'une puissance rendue plus évidente par la nécessité de la porter jusqu'au fond de la salle. Elle en prenait une vigueur nouvelle qui capturait l'attention, qui rassurait et en même temps, poussait à la lutte.

Nésilla eut envie de le suivre. Elle voulut y croire. Il lui apparaissait si dynamique, si jeune, si beau. Lorsqu'il l'avait reçue dans son bureau, elle avait été trop intimidée par l'audace — et la fausseté — de sa démarche. Elle n'avait vu que le rire qui semblait jaillir de ses fossettes et particularisait son caractère, puis la colère quand il avait découvert qu'il n'était pas infaillible, qu'on lui cachait des choses et qu'il ne savait pas tout. Il avait ensuite rebondi sur un surprenant élan d'optimisme qui paraissait trop beau pour être vrai.

Ce soir-là, elle découvrait la séduction de sa voix virile et l'assurance qui émanait de lui tandis qu'il expliquait sa volonté de présenter un projet d'embellissement d'ensemble du village, centré sur la réhabilitation de la place devant l'école. La création d'une pâtisserie faisait partie de ce rêve, au même titre que l'ajout d'un cabinet médical et la construction d'un square pour accueillir les fleurs et les amateurs de verdure.

Il proposait là un projet ambitieux, qui ne pourrait peut-être pas être complètement réalisé lors d'un unique mandat, mais avait de bonnes chances de séduire les habitants, surtout ceux qui avaient envie d'un village actif, vivant, convivial, dont tout le patrimoine était utilisé. Oui, c'était un programme audacieux et attractif, qui pouvait remporter l'élection. Ce serait sans doute serré, mais pour lui accorder encore plus de poids, Nésilla soudain sut ce qu'elle devait faire. L'idée lui apparut comme un flash, une évidence. A se demander pourquoi elle n'y avait pas songé plus tôt. Elle n'y voyait que des avantages. Aucun argument pour la contrer. Ce serait grandiose.

Elle attendit calmement la fin de la réunion. Aucune décision n'avait de toute façon été prise. Seuls les préliminaires étaient engagés, les premières pistes déblayées. Il y avait encore beaucoup de travail et de réflexions à mener. Cela ne faisait pas peur à Nésilla.

Elle sollicita dès le lendemain une nouvelle audience en privé. Augier la reçut dans son bureau de la mairie. Il y vivait tous les matins, ainsi que plusieurs après-midi par semaine, quand il n'était pas requis ailleurs pour des réunions avec les représentants d'autres communes, pour traiter de domaines aussi variés que le déploiement de la fibre optique, le réseau de ramassage des ordures ou des bus scolaires, les recherches de subventions. C'était un travail à plein temps.

Quand elle entra dans le bureau, Augier l'incita d'un geste de la main à s'asseoir tandis que de l'autre, il tenait son téléphone à une distance raisonnable de son oreille, agressée par la voix tonitruante qui piaillait à l'autre bout du fil. Des remontrances. Ou des plaintes, songea Nésilla. Un maire devait être disponible sept jours sur sept pour assurer soi-disant le bien-être de ses concitoyens. Son téléphone se confondait souvent avec le mur des lamentations, un mur poreux, qui devait être capable de tout entendre puis de faire face, en calmant, expliquant, promettant.

Comment faisait-il? Nésilla se permit de l'observer, puisqu'elle n'avait rien d'autre à faire. Quel âge avait-il? Elle lui donnait une cinquantaine d'années au maximum. Il faisait jeune. Aucune ride ne le défigurait. La peau de ses joues collait sans bavure flasque sur l'ossature de son visage. Son crâne imberbe semblait aussi frais que celui d'un nouveau né. Il n'avait pas l'âge d'être retiré de la vie active, à moins qu'il n'ait pris une retraite très anticipée, si son métier l'y autorisait. L'éventail des professions concernées par des régimes dérogatoires n'était pas très large.

Nésilla avait beau essayer de lire au-delà de ses fossettes rieuses qui caricaturaient trop bien le personnage, elle n'arrivait pas à l'imaginer en policier ou en douanier. Les sapeurs pompiers aussi, de par leurs conditions de travail éprouvantes, pouvaient bénéficier d'un départ anticipé, avec une ouverture des droits avancée. Pompier, ou aide-soignant, pourquoi pas? Augier inspirait confiance, il se présentait aux élections. Il était donc à l'écoute des autres, et peut-être même capable d'une certaine dose d'empathie.

Nésilla était tellement plongée dans ses divagations qu'elle ne se rendit pas compte qu'il avait terminé sa conversation téléphonique. Il profita du silence indulgent pour observer à son tour la femme qui le scrutait si rêveusement, sans la moindre gêne, par curiosité. Curieux lui aussi, surtout envers un membre de son équipe, il décida de se prêter au jeu des réponses en anticipant les questions.

— J'espère que tu ne m'observes pas comme le naturaliste observe un insecte rare particulièrement repoussant. Puis-je savoir ce que je t'inspire?

Nésilla sursauta mais, bien que contrariée d'avoir été surprise en flagrant délit d'indiscrétion, elle répondit avec une sincérité touchante qu'elle ne put maîtriser. Cet homme qui se tenait si bienveillant en face d'elle appelait la franchise sans artifice. Il la méritait.

— Quel âge as-tu?

— Jusque là, ça va. Ce n'est pas une question trop difficile. J'ai cinquante-deux ans.

— Dans ta vie d'avant la retraite, tu as été quoi? Policier?

— Non, pas du tout, répondit Augier avec un amusement qui prit le pas sur l'étonnement. Est-ce que j'ai une tête de policier?

— Je ne sais pas, avoua Nésilla. Je ne sais pas quelle tête c'est sensé avoir. Je n'en connais pas. C'est juste que c'est l'un des rares métiers auquel je pense qui donne des droits pour quitter si tôt le service actif. Tu es bien à la retraite, n'est-ce pas? ajouta-t-elle, poussée par les doutes qui la taraudaient tout à coup.

— Tu as raison de croire qu'un maire peut difficilement avoir une activité professionnelle en parallèle, s'il veut remplir sa mission au mieux. Note que la Constitution ne l'interdit pas. Ils sont des milliers en France à porter l'écharpe tricolore tout en continuant à exercer un métier. Je crois qu'au niveau des chiffres, un tiers seulement de nos maires sont à la retraite.

— Et toi alors? Es-tu rentier? As-tu pris un long congé sabbatique?

— Qu'est-ce que tu vas imaginer? rigola Augier. Un maire reçoit un salaire. Je n'ai pas besoin d'être rentier ou d'exercer une autre activité rémunérée pour gagner ma vie. C'est un vrai métier. Peut-être un des plus prenants qui soit.

— Mais si tu n'es pas réélu, tu te retrouveras alors un peu comme un chômeur, sans même les indemnités.

Augier enveloppa son interlocutrice si sensible d'un regard attendri qui se voulait déridé mais dissimulait une brusque émotion, l'émotion d'un homme qui découvre quelque chose de rare, d'infiniment précieux, vers lequel il brûle de tendre la main pour s'en saisir. Combien de ses administrés s'étaient inquiétés des conséquences financières qui s'abattraient sur lui en cas d'échec? La plupart ne voyaient pas plus loin qu'une promesse électorale ne pouvant plus être tenue. Le maire en tant que personne à plaindre ayant ses propres soucis à résoudre ne les intéressait pas, c'était leurs problèmes à eux qui les tracassaient.

— C'est bien pour cette raison qu'il faut que nous remportions les élections, rétorqua-t-il en forçant son assurance, afin de se protéger contre le trouble subtil qui l'avait piégé.

Nésilla n'insista pas. Puisque Augier abordait le sujet, le moment était venu pour elle de révéler le projet qui avait pris forme deux jours plus tôt dans son cerveau. Elle y avait bien réfléchi depuis, pendant les longues heures de la nuit où elle avait fixé sans les voir les étoiles attentives. Elle l'avait poncé, astiqué, mûri, nourri de tous ces petits détails qui paraissent secondaires mais qui décident souvent de la faisabilité et du succès. Il était désormais sans défaillance, prêt à être dévoilé.

Elle repoussa l'aveu. Elle n'aurait jamais une meilleure occasion d'en découvrir davantage sur la vie passée d'Augier. Elle se sentait pleine d'audace, avide d'en savoir plus, puisqu'ils étaient condamnés à œuvrer ensemble. Il fallait en profiter.

— Qu'est-ce qui t'a poussé à devenir maire? s'exclama-t-elle avec une fougue dont elle avait banni les relents de timidité importuns.

— C'est une bonne question qui intrigue d'autant plus les gens qu'avant de me présenter aux élections il y a six ans, je n'avais jamais touché à la vie communale. En général les futurs maires débutent d'abord en tant que conseillers municipaux. Ils passent ensuite adjoints, et les plus motivés briguent la dernière marche. Moi j'ai sauté directement dans l'arène.

— Ton métier ne te plaisait-il plus? As-tu été licencié?

— Non, répliqua Augier, sans avoir le temps de développer car déjà Nésilla enchaînait un autre tir d'obus:

— As-tu obéi à une vocation refoulée?

— Je dirais plutôt que j'ai obéi aux circonstances.

Nésilla cette fois ne posa pas d'autre question. Elle attendit, intriguée. De l'autre côté du bureau, Augier hésitait. Il n'avait pas l'habitude de confier à autrui sa vie privée, mais il était tenté de se livrer, à cause de ce quelque chose de précieux qui sourdait de Nésilla, cette étincelle altruiste qui dansait autour d'elle et en elle, une espèce d'aura qui criait son intérêt pour les gens et tenait en grande partie à sa capacité de compassion et d'écoute, qui semblait infinie.

Pourquoi se taire puisqu'elle faisait désormais partie de son équipe? Sans forcément nécessiter une plongée radicale dans l'intimité privée des gens, il fallait bien qu'ils apprennent à se connaître, pour mieux se faire confiance et savoir jusqu'où ils pouvaient s'appuyer les uns sur les autres. Il ne s'agissait pas seulement de s'apprécier, de se respecter ou de s'entendre. La connaissance mutuelle du caractère des autres ne pouvait être qu'un atout supplémentaire dans leur marche vers la victoire électorale.

— Quand je suis sorti de mon école d'ingénieurs, il y a de cela à peu près trente ans, j'ai été embauché dans une usine pétrochimique lyonnaise, se rappela Augier. J'ai commencé dans les ateliers de fabrication, puis peu à peu, j'ai occupé des postes à responsabilité. J'ai fini par être nommé sous-directeur de la production. Je travaillais comme un dingue. Je ne rentrais jamais avant vingt heures et les week-ends, je ramenais toujours des dossiers que je n'avais pas eu le temps d'étudier plus tôt. Il fallait sans cesse améliorer les rendements, trouver des financements pour rénover le matériel, réparer les capteurs déficients, répondre à la demande en constante progression. J'y pensais tout le temps. C'était ma vie. Ma drogue. Mon but. Et puis ma femme, Chloé, est tombée gravement malade, de ce genre de maladie qui nécessite une attention constante, mais pas à l'hôpital. Pour pouvoir m'occuper d'elle correctement, j'ai dû démissionner. Elle avait besoin de moi, à temps complet. J'ai essayé de lui donner ma force. Je l'ai entourée de tout l'amour dont j'étais capable. Elle a eu droit aux meilleurs soins que j'ai pu trouver. Je suis passé du monde viril de l'industrie chimique internationale à celui des médicaments, de la déprime et des heures de lecture distribuées à une silhouette qui n'était pas toujours consciente des efforts que je faisais. Ma maison est devenue mon bureau.

Nésilla buvait les paroles d'Augier, elle compatissait en secret, elle voulait savoir. Quelle était cette maladie étrange qui s'était abattue sur Chloé Daoux? Elle pensa à Parkinson, à Alzheimer ou à un cancer suffisamment avancé pour en être incurable. Une tumeur maligne au cerveau? Un gliome? Un neurofibrome? Elle brûlait de poser la question, mais n'osa pas l'interrompre.

Au fur et à mesure qu'il progressait dans son récit, elle l'admirait pour l'abnégation sans réserve qu'il avait su trouver pour venir en aide à sa femme. Il avait abandonné son métier, tué ses ambitions professionnelles, renié ses aspirations les plus intimes. Il s'était dévoué à son service, au risque de perdre son équilibre et, à force de trop renoncer, de sombrer dans un abattement pernicieux.

Son sacrifice avait-il au moins porté ses fruits? espéra Nésilla. Jusqu'où Chloé avait-elle plongé? Etait-elle guérie ? Flirtait-elle avec les symptômes d'une possible phase de rémission ? Ou avait-elle finalement échoué dans un hôpital psychiatrique qui désormais pouvait seul lui apporter ce qu'il y avait de mieux pour elle, ou de moins pire? Il y a des stades où l'amour ne suffit pas.

Augier dut lire ses interrogations muettes dans les yeux de son interlocutrice. Il continua à raconter. Il était allé trop loin pour ne pas dévoiler la fin de sa malheureuse histoire, qui expliquait sa nouvelle vocation.

— Tu l'as peut-être deviné, dit-il. Chloé était bipolaire.

Nésilla ne put retenir un mouvement de surprise qui n'échappa pas à Augier. C'était très étrange. Il avait l'impression de se dédoubler. Un pan de son esprit revivait ces années infernales durant lesquelles Chloé avait culbuté de plus en plus loin dans la dépression, sans qu'il ait rien pu faire. Ses psychoses maniaco-dépressives étaient devenues de plus en plus imprévisibles, de plus en plus sombres, comme des appels au secours qu'elle seule pouvait entendre.

En parallèle une autre partie de son corps s'apaisait à l'évocation de ce passé sordide, comme s'il en était le simple spectateur. Il appréciait la présence rafraîchissante de Nésilla. Il devinait ses qualités d'écoute et d'empathie non feinte qui bouillonnaient derrière ses grands yeux. Se confier à elle, c'était un peu comme se confier à un ami qui ne juge pas, qui absorbe tout simplement, sans rien dire. Comme une éponge qui évacue la saleté, le mal, la douleur.

— Ses troubles d'humeur au départ étaient légers. Elle passait sans transition d'un enthousiasme contagieux à une tristesse soudaine dont elle n'arrivait pas à discerner les causes. Mais comme elle avait toujours été exaltée, victime de son tempérament d'artiste qui oscillait entre l'ambition et les doutes qui la taraudaient sans cesse, je ne me suis pas inquiétée. Elle travaillait sur un tableau dont elle n'était pas contente. Il n'y avait là rien d'anormal. Mais les troubles brusquement se sont aggravés. Je la quittais le matin survoltée. Elle vibrait d'hyperactivité. Elle avait en tête une nouvelle couleur qu'elle voulait essayer, un éclairage particulier qui rendrait mieux la lumière. Je me disais qu'elle se réjouissait à l'avance de ce qu'elle avait prévu pour sa journée et qu'elle avait hâte de s'y mettre. Et puis elle m'appelait une heure plus tard pour se plaindre qu'elle était très fatiguée, qu'elle n'avait pas touché à ses pinceaux, qu'elle n'avait pas la force d'aller faire les courses et que je devais m'en occuper. Elle doutait de plus en plus. Elle m'avouait qu'elle n'arrivait pas à terminer le tableau sur lequel elle peinait pourtant depuis plusieurs mois. Elle se mettait à pleurer, à crier. J'avais l'impression qu'elle se roulait par terre.

J'étais obligé de quitter mon travail et de rentrer à la maison pour être auprès d'elle. Je la retrouvais amorphe, allongée sur le lit, les yeux dans le vide, incapable de se concentrer sur un livre. Ou bien prostrée dans un coin, la tête contre le mur. C'était terrifiant. Je me suis dit qu'elle avait besoin de ma présence auprès d'elle pour aller mieux, et effectivement, il y a eu plusieurs semaines où elle a réappris la joie. Elle croyait de nouveau en elle.

Augier esquissa un sourire hésitant, qui n'atteignit pas ses yeux. Il restait désabusé. Il savait que la suite, malheureusement, ne prêtait pas à se réjouir.

— Elle a voulu faire mon portrait. Alors j'ai posé pour elle, plus de deux heures par jour. Elle parlait beaucoup, elle riait. Je croyais qu'elle avait repris goût à la vie, à son talent. Je ne me suis pas rendu compte qu'en fait elle était entrée dans un processus maniaque d'euphorie. Ce qui expliquait sa volubilité féconde, son énergie décuplée, sa confiance artistique revenue. Et qu'un jour, elle plongerait dans un épisode dépressif très grave, sans crier gare, sans raison apparente, en jetant au feu le tableau qui me représentait. Elle était comme folle. Elle lançait ses pinceaux et ses tubes de couleurs à terre. Elle les piétinait. Elle a complètement détruit son atelier que pourtant elle adorait. Elle s'est tapée la tête contre la fenêtre qui, disait-elle, ne lui donnait pas assez de lumière. J'ai cherché à la faire hospitaliser parce que je me retrouvais complètement démuni face à une telle crise. Je ne voyais pas ce que je pouvais faire d'autre. Il lui fallait des examens approfondis, des experts, un traitement adéquat. Il fallait que quelqu'un l'aide. Moi je ne suffisais pas. Elle a crié et continué à se taper le crâne contre les murs. Elle disait qu'elle ne voulait pas aller à l'hôpital. Les spécialistes lui ont administré un traitement et j'ai cru qu'elle pourrait retrouver une vie sociale à peu près normale. C'est là que j'ai commencé à m'interroger sur ce que, moi, j'allais désormais faire de ma vie. Chloé, grâce au traitement, allait beaucoup mieux, mais il n'était pas question que je retourne à l'usine. Il fallait que je me trouve une activité qui, d'un côté, m'occuperait, me changerait les idées et surtout me dégagerait un salaire; et en même temps, m'autoriserait à surveiller Chloé de près. J'ai tout de suite pensé à postuler pour un poste à la mairie. L'avantage que j'y voyais était de me trouver sur place, à la portée de Chloé, manger avec elle tous les midis, pouvoir être auprès d'elle en quelques minutes si elle le souhaitait. J'envisageais de prendre un mi-temps peut-être, dans les bureaux, au secrétariat ou en tant qu'agent communal. J'étais prêt à tout. Chloé allait vraiment mieux, et il me fallait un emploi.

J'aurais accepté n'importe quoi, du moment que le poste se trouvait au village. J'ai même demandé si on n'avait pas besoin d'un vendeur à la boulangerie. Il n'y avait pas de place.

Augier dut faire une pause pour laisser le temps aux fantômes du passé de défiler lentement avant de s'estomper de nouveau dans les brumes des souvenirs. C'était comme s'il en profitait pour renouer connaissance avec eux, comme s'il reprenait contact avec des relations qui ne lui avaient causé que des chagrins mais qu'il n'arrivait pas à oublier. Nésilla l'écoutait avec une attention fascinée. Elle avait plaqué un sourire immuable sur son visage, crispé et attentif. Il ne disait rien, il était là tout simplement, il encourageait, et Augier trouvait cela réconfortant.

— Les élections municipales allaient bientôt avoir lieu, reprit-il. Je n'avais reçu aucune aide de la part du maire. Alors l'idée m'est venue, peut-être parce que je n'avais pas apprécié de n'avoir reçu aucune marque de considération de sa part, ce qui prouvait son manque de compassion et de disponibilité : si je prenais sa place? Si je posais ma candidature? Mon ancien poste de sous-directeur de production m'avait appris le sens des responsabilités. Je savais guider une équipe, gérer sans m'enflammer des sommes d'argent considérables qui n'étaient pas les miennes et ne m'étaient pas destinées. A force de vivre, inutilisé, de plein pied dans le village, en oisif, à aller voir les gens pour savoir s'ils connaissaient quelqu'un qui cherchait à embaucher, j'avais rencontré beaucoup de monde. J'avais sympathisé avec de nombreux habitants, j'avais écouté leurs plaintes. Ce qui m'avait fait comprendre ce qui manquait au village, en tout cas ce qui manquait à Félicien Petit. Je savais que je pouvais faire mieux que lui, et je savais comment m'entourer d'un noyau d'irréductibles prêts à me suivre dans la course. Chloé elle-même m'a poussée. Elle semblait heureuse pour moi de ce nouveau départ. Elle m'encourageait à organiser davantage de réunions. Il fallait que notre campagne soit impeccable, disait-elle. Et elle riait. Elle ne voulait pas me voir tourner en rond à la maison, à attendre les votes sans avoir tout fait pour les attraper. Elle s'est réjouie de ma victoire. Elle a trinqué avec mon équipe. Elle était redevenue celle que j'avais aimée. Et puis une semaine après les résultats des élections, j'ai assisté à la traditionnelle soirée diots organisée par le club de tennis. Elle n'avait pas voulu m'y accompagner, parce qu'elle prétendait que le maire, c'était moi, pas elle, qu'elle ne voulait pas participer à toutes les mondanités. Je ne suis pas resté longtemps. Je l'ai laissée seule moins de deux heures. Elle m'avait dit qu'elle allait regarder un film. J'étais serein. Je suis rentré sans me douter de rien. Comment l'aurais-je pu? Quand je suis arrivé à la maison, la télévision était allumée, mais Chloé ne se trouvait pas devant. Je suis montée dans la chambre, elle n'y était pas non plus.

Nésilla n'y tenait plus. Elle aurait voulu crier à Augier d'accélérer sa confession, et en même temps, de lui ordonner de se taire, parce que le drame s'avançait, il était là, il ne pouvait pas ne pas venir. Elle savait. L'inéluctable allait éclater. Il n'y avait pas d'autre issue.

Mais Augier semblait incapable de prononcer les mots qui valideraient la sinistre thèse. Il s'éternisait sur des détails. Il cherchait de nouveau Chloé, comme il l'avait cherchée ce soir-là, en repoussant l'inacceptable de toutes ses forces, parce qu'il refusait d'abdiquer.

Il espérait qu'une autre explication validerait l'absence de sa femme: une amie l'avait appelée pour qu'elle vienne lui tenir compagnie. Elle avait eu envie de se promener pour profiter de la douceur de la nuit dévorée par une lune énorme, complice, qui attirait les amateurs de lumière. Quel tableau féerique elle aurait pu être tentée de peindre. Peut-être même avait-elle décidé de retrouver son mari à la soirée. Parce qu'il lui manquait. Parce qu'elle avait voulu lui faire une surprise. C'était ce qu'il avait essayé de croire, incapable d'envisager l'inexorable.

Six ans après, il se raccrochait aux mêmes détails. Il hésitait toujours, il s'embourbait, comme prêt à faire marche arrière à tout instant.

— Tu l'as retrouvée morte, n'est-ce pas? s'écria Nésilla pour en finir, peut-être aussi pour éviter à Augier d'avoir à annoncer lui-même le tragique dénouement et de revivre l'inévitable enchaînement d'événements et de crises psychiques qui ne pouvaient aboutir qu'au suicide.

— Elle avait sauté par la fenêtre de notre chambre, la tête la première pour être sûre de ne pas se rater, avoua enfin Augier, soulagé malgré lui maintenant que le plus dur était sorti, reconnaissant envers Nésilla pour avoir eu le courage de deviner, et de parler.

Nésilla ne dit rien. Elle se contenta de le regarder avec une commisération qui partait du plus profond de son cœur, de la partie la plus sensible, la plus douce, la plus muette. Il n'y avait pas de mots pour faire taire les cauchemars.

Par un suprême effort de volonté dont il avait peut-être pris l'habitude depuis six ans qu'il ressassait la même scène, Augier se reprit et conclut:

— Je suis resté maire. Je me suis plongé à corps perdu dans une fonction que je connaissais mal finalement. Je n'en connaissais pas tous les rouages, les implications, les pièges, l'investissement aussi et le temps que cela me prendrait. Des problèmes sans fin à régler. Des litiges. Des plaintes à départager. Une disponibilité de chaque instant. C'était exactement ce qu'il me fallait.

Lutter contre le chagrin abominable de la perte d'un proche par un travail acharné, Nésilla savait ce qu'il en coûtait. Elle était passée par là elle aussi. Elle comprenait Augier beaucoup mieux qu'il ne pouvait l'imaginer.

Elle eut l'impression qu'il avait exprimé tout ce qu'il avait besoin de dire et que, si elle n'embrayait pas sur un autre sujet, moins éprouvant, un silence morose s'installerait. Il serait d'autant plus intense qu'il parlerait dans l'ombre de morts et d'absence, sans que ni elle ni Augier n'aient envie d'y voir un point commun entre leurs situations matrimoniales respectives. Il fallait briser ce silence en berne, ne pas le laisser s'installer, de peur que le malaise naissant des confidences douloureuses à son tour ne s'impose.

Sans tergiverser davantage, elle exposa le projet qui s'était dessiné dans sa tête en plein dans le feu de leur première réunion. C'était là la raison de sa présence dans le bureau d'Augier. Elle s'était laissée happer par la curiosité, il était temps désormais de révéler les détails de son plan et d'obtenir gain de cause.

* * *

Avant d'en parler à Augier, Nésilla avait demandé son avis à son fils. C'était à cause de lui qu'elle se retrouvait obligée de se battre pour amener l'équipe dans laquelle elle s'était inscrite jusqu'à la victoire. Elle avait besoin de ses encouragements.

— Je n'ai pas eu le choix tu sais, expliqua-t-elle lors de leur habituelle séance téléphonique du mardi soir.

— C'est finalement tant mieux, répliqua Bastien. S'il y avait eu de la place sur les deux listes, tu n'aurais pas su laquelle choisir. Tu te serais épuisée à hésiter, sans que rien de décisif n'en ressorte. Alors que là, tu vas pouvoir te lancer à fond dans la bataille, sans avoir à ménager la chèvre et le chou. As-tu des informations quant à la possibilité d'un troisième candidat?

— Augier pense que si rien n'a filtré jusqu'à présent, c'est que personne d'autre ne se présentera.

— Cet Augier Daoux, comment est-il?

Nésilla ne répondit pas immédiatement. Elle cherchait ses mots. Elle ne connaissait pas suffisamment bien celui qui serait peut-être son patron. Il lui avait ouvert une partie de son âme torturée par le suicide de sa femme, mais ce n'était pas ce qu'il faisait de sa vie privée qui intéressait Bastien. Malgré ce qu'Augier lui avait montré, elle ne connaissait pas sa capacité de travail sur la durée, quelles étaient les limites de son sens du devoir et de son respect des autres. Elle espérait simplement qu'il serait à la hauteur de ce qu'elle avait cru voir en lui.

— Je le crois capable. Digne de confiance. Travailleur.

Bastien dodelina de la tête en guise de danse du sourire.

— C'est bien. Je suis sûr que vous avez vos chances.

— Je l'espère, d'autant plus que j'ai pensé à quelque chose qui pourrait faire pencher les votes en notre faveur. J'aime mon travail chez Aubeterre, mais les horaires sont lourds. Je commence à six heures tous les matins. Je suis fatiguée de devoir me lever si tôt, même les week-ends. Je sature. Et puis il y a autre chose. Tu te rappelles la conversation que j'ai eue avec Anaïs à Noël, quand elle proclamait qu'elle deviendrait un jour sa propre patronne? Ca m'a fait réfléchir.

— Tu souhaiterais ouvrir ta boutique et t'installer à ton compte? devina Bastien.

— C'est effectivement ce qui m'est venu en tête quand Augier a lancé l'idée de créer une pâtisserie sur la place du village. J'étais prête à lui proposer plusieurs noms de pâtissiers susceptibles d'être intéressés. Puis j'ai réfléchi. Et je me suis dit: pourquoi pas moi? La mairie possède des locaux inoccupés. Je suis sûre qu'elle accepterait de me louer un rez-de-chaussée à un tarif préférentiel et que, poussée par Augier, elle participerait financièrement à la rénovation du local. Bien obligée, si elle en fait son principal argument de campagne.

— Si je me souviens bien, tu avais répondu à Anaïs que tu ne te sentais pas attirée par le patronat, que c'était trop de soucis: la comptabilité, la prise de risques, les responsabilités…

— C'est bien pourquoi j'ai eu une autre idée. Il y a déjà une boulangerie au village. Une pâtisserie n'est donc pas indispensable. Mais un salon de thé: si!

Elle s'arrêta là, trop excitée pour continuer, certaine que Bastien n'aurait pas besoin d'explications pour comprendre la force de sa démarche. Elle coulait de source, elle jaillissait, limpide, puissante, en emportant les hésitations. C'était du moins ce que son enthousiasme lui serinait. Le vide qui seul troublait la ligne téléphonique à l'autre bout la fit douter. Bastien n'avait pas réagi. Il n'avait pas compris. L'étonnement avait étouffé son esprit de repartie.

— Imagine: je pourrais créer un endroit chaleureux, accueillant, qui proposerait dès huit heures trente, après la rentrée des classes, du bon café et des gâteaux maison, expliqua-t-elle, en essayant de canaliser son énergie pour ne pas parler trop vite. Un salon de thé situé en face de l'école, en plein cœur du village! Il ne désemplirait pas. Je suis certaine que les mamans passeraient y faire un tour, après avoir déposé leurs enfants et avant de rentrer chez elles vaquer à leurs occupations ménagères. Et les petites mamies aussi, après être allées chez le coiffeur, ou pour bavarder avec leurs copines. Je fermerai entre midi et trois heures, et je rouvrirai l'après-midi. Je n'ai nullement l'intention de devenir restauratrice. Moi je veux faire des gâteaux.

— Tu crois que ce serait viable? s'enquit Bastien, qui, bien que sensible aux arguments de sa mère, avait du mal à partager son engouement.

— Je suis sûre que j'aurai du monde. Et je fabriquerai des gâteaux à emporter. Si la mairie accepte de m'aider financièrement en me louant la boutique pour un prix modique, je devrais pouvoir me dégager un salaire. Il n'y pas de gros frais à engager. Tout ce dont j'aurai besoin, une fois que le local sera propre, c'est d'un percolateur à café de qualité, d'un piano de cuisson à deux fours et d'un lave-vaisselle. J'utiliserai mes outils personnels, je suis parfaitement équipée, tu le sais. Je pourrai d'ailleurs confectionner une partie des gâteaux à la maison. Les denrées ne coûteront pas très cher, surtout si je les commande en vrac. Pour l'aménagement de la salle, je récupérerai dans les vide-greniers des vieilles tables en bois et des chaises assorties que je peindrai de toutes les couleurs. J'ai envie d'un décor rustique et joyeux à la fois, avec du vert, du jaune, du rose vif.

Bastien entendait l'ardeur qui crépitait dans la voix de Nésilla. Il se figurait la lueur ébouriffée d'étincelles qui pétillait dans ses yeux, la chaleur montée à ses joues. Elle avait tout prévu. Elle s'y voyait. Le salon de thé de ses rêves prenait forme. Il vivait, avec son mobilier arc-en-ciel disparate qui faisait oublier les cassures du temps.

Cela faisait longtemps qu'il ne l'avait pas entendue s'emballer à ce point. Même lorsqu'elle l'avait soutenu puis félicité quand il avait été admis dans son école d'architecture et avait obtenu son diplôme, elle n'avait pas montré autant de ferveur. L'espoir n'avait pas coulé sur elle avec le même ravissement. Peut-être parce que, cette fois, c'était un projet qui la concernait directement. Elle en était l'unique instigatrice, et la première bénéficiaire.

Tout ce qu'elle avait eu en tête ces dernières années avait reposé sur les vœux de Bastien. Jamais elle ne s'était entremise pour elle, pour changer de métier, améliorer ses horaires et sa qualité de vie. Même après la mort de Jean-Baptiste, quand elle avait commencé à se reconstruire, elle n'avait pas fait de projets. Elle n'avait rien modifié. Elle avait continué à travailler chez Aubeterre sans nourrir d'autre ambition que de s'abrutir au travail.

En fait s'il y réfléchissait bien, c'était la première fois depuis la disparition de son mari qu'il entendait Nésilla bouillonner d'un tel engouement, comme s'il lui avait fallu toutes ces années végétatives, pourries à force de trop de détachement, pour enfin admettre qu'elle avait besoin de se prouver autre chose. Oser. Tenter l'aventure.

Qu'attendait-elle de lui? Qu'il la raisonne en lui montrant les risques de son plan? Qu'il l'encourage? Elle avait la foi, le talent. Il n'avait rien à lui interdire. Il n'y avait pas d'âge pour tout recommencer, courir au succès, ou se casser la figure.

* * *

— Un salon de thé? répéta Augier. Pour te permettre de faire la grasse matinée?

Il était estomaqué, totalement pris de court.

— Non. Pour permettre aux gens de se réunir dans un endroit convivial, pour bavarder en prenant un café et en mangeant des gâteaux. Et pas n'importe lesquels. Les miens. Ceux que tu as si ardemment vantés l'autre jour. L'aurais-tu oublié?

— Non, je n'ai pas oublié et je maintiens que tu es une excellente pâtissière.

— Alors, si les autres habitants de ce village sont d'accord avec toi, ça ne peut que marcher. Une pâtisserie ferait de la concurrence à la boulangerie, ce serait comme un doublon. Les gens ne voteront pas pour ça, parce qu'ils n'y verront pas de réel intérêt. La gourmandise ne suffit pas. Il faut offrir davantage. Moi, je veux leur proposer quelque chose qu'ils n'ont pas et qui manque au village: un lieu où se retrouver, à deux ou à dix, dans la journée, qu'on ait douze ou quatre-vingts ans, en toute spontanéité. Parce qu'on peut bien prendre un peu de temps pour se laisser vivre.

— Les salons de thé, c'est bon pour les grandes villes, protesta Augier, qui n'arrivait pas à concevoir l'attrait qu'exercerait ce genre de structure dans un petit village.

— Tu dis ça parce que tu ne prends pas en compte les retraités et les femmes au foyer. La voilà ma clientèle. Je connais beaucoup de mères qui, après avoir laissé leurs gosses à l'école, se retrouvent entre elles pour boire un café. Imagine le succès que j'aurai en leur proposant ce café à deux pas de l'école. Elles s'y précipiteront. Elles s'y attendront. Elles seront ravies de venir le prendre chez moi. Ca les sortira de chez elles. Elles se réjouiront de se laisser aller, sans avoir à se préoccuper de l'intendance: couler le café, sortir les tasses et les assiettes, faire la vaisselle, nettoyer les miettes. Et je ne parle pas des petites vieilles qui elles aussi seront ravies d'avoir une bonne raison de ne pas rester chez elles. Elles seront au chaud chez moi, elles y retrouveront leurs copines. Je les tenterai en proposant des gâteaux différents chaque jour. Le lundi pourra être la journée de l'Opéra, sous forme de clin d'œil au dessert, et en musique. Je mettrai des airs d'opéras célèbres, Carmen, Verdi, du gai, de l'ampleur, des chœurs. Le lendemain sera la journée des éclairs, ou des macarons, ou des tartelettes aux fruits. Je maîtrise tellement de recettes variées. Je pourrai aussi organiser des après-midi atelier découverte, en faisant payer les séances. Donner des cours de pâtisserie. Développer des goûters d'anniversaire pour les enfants, avec des jeux. C'est un secteur d'activité qui marche très bien.

Nésilla était intarissable. Elle n'avait qu'à piocher dans sa tête. Les mots venaient tout seuls. Les idées jaillissaient, comme soufflées par les fusées dansantes d'un feu d'artifice. C'était comme si, sans le savoir, elle avait mûri ce projet pendant des années. Il s'était nourri de ses expériences, de son talent, de ses rêves les plus confus, les plus enfouis, de ses déceptions aussi, pour surgir enfin en pleine lumière et s'imposer à elle telle une évidence.

— Je veux faire de la pâtisserie tout en proposant du social, conclut-elle.

Augier commençait à être ébranlé par l'engouement délirant de Nésilla, qui agissait sur lui comme un torrent furieux, impétueux, capable d'emporter l'accord des plus indécis et d'ouvrir des brèches dans les murs les plus bornés. Il comprenait enfin de quoi elle parlait avec tant de fougue, de quoi elle avait rêvé.

La réalité du social était un mot qui résonnait profondément en lui. Soudain lui aussi voyait les mamans dévorer les succulents gâteaux. Lasses avant même d'avoir débuté leur journée, elles plantaient leur cuillère avec une volupté sensuelle, pour se donner du courage et de l'énergie avant d'aller vaquer à leurs occupations pour ensuite récupérer à midi leurs petits monstres. Il les inventait par groupe de trois ou quatre, confortablement installées autour des jolies tables peintes, les yeux embrumés par le plaisir et la drogue de la gourmandise. Les villageoises dans sa commune ne se préoccupaient pas de régimes ou de silhouettes élancées à afficher dans les magazines. On était dans le monde de la terre, solide et âpre, qui laissait peu de place à la séduction éthérée des corps victimes de la mode. On aimait boire et ripailler. Il n'y avait pas beaucoup d'autres distractions.

Il voyait aussi les mamies qui venaient se ressourcer après leurs parties de cartes, ou qui faisaient admirer leur nouvelle couleur de cheveux, un peu plus bleutée que la semaine précédente, un peu moins rosée que le mois suivant. Les papys, eux, refaisaient le monde, en évoquant leur jeunesse. Mais oui. Ils s'empiffraient, ils rajeunissaient à chaque bouchée avalée, ils avaient l'impression de faire l'école buissonnière. Les randonneurs venaient remplacer les calories qu'ils avaient éliminées à longues enjambées, nerveuses pour les plus sportifs, rêveuses ou bavardes pour les autres. Et puis il y avait les après-midi d'anniversaires où les tables se collaient pour n'en former plus qu'une. Une nuée d'enfants surexcités s'essayaient à dessiner des étoiles ou des bonshommes branlants sur des plaques de sablés, en attendant la surprise du chef couronnée par ses bougies. Les matins, la même tablée exubérante accueillait une dizaine d'apprentis consciencieux, désireux de se perfectionner. Ou simplement d'apprendre à monter les génoises, à ne jamais rater un croustillant, à décorer à coup de fondant coloré et de poche à douille.

— Je ne suis bon qu'à manger les gâteaux, plaisanta Augier. Est-ce que tu m'accepteras dans tes cours?

— Bien sûr. Il y en aura pour tous les niveaux.

— Mon gâteau préféré, c'est le Diplomate, ajouta Augier. J'espère que tu en mettras sur ta carte de temps en temps.

— Tu aimes le rhum et les fruits confits? C'est bien le gâteau idéal pour un maire. Je te promets que, si tu es réélu, je te confectionnerai le plus gros Diplomate que tu auras jamais vu.

— Et le meilleur, j'en suis sûr. Ca marchera, ça doit marcher. Parce que tu as raison, on doit s'aider des gâteaux pour proposer du social et de la convivialité. Un lieu de rendez-vous pour tous. Qui pourrait résister à un argument pareil?

— Ni les mamans, ni les mamies, c'est certain. Quant aux enfants, eh bien...

Nésilla buta sur la fin de sa phrase. Elle allait parler de la gourmandise innée des petits, elle avait en tête les goûters d'anniversaire bluffants dont ils raffoleraient et qu'elle se plairait à organiser, pour le plus grand plaisir des familles enfin délestées de cette tâche. Mais elle avait mieux encore à proposer. Pour les enfants justement, ceux qui étaient lâchés très tôt les matins par leurs parents pressés par le temps et par leur travail.

— Je pourrai fournir la garderie scolaire en gâteaux, s'enthousiasma-t-elle. Comme ça, les enfants pourront se remplir le ventre avant d'aller en classe et ainsi tenir jusqu'à l'heure de la cantine. Qu'en penses-tu, Augier? C'est une bonne idée, non, pour tous ces petits qui doivent se lever tôt et ont toujours un creux dans la matinée?

— Il faudrait établir un partenariat avec la mairie afin que ce soit elle qui te paye les gâteaux, réfléchit Augier. Pourquoi pas? Ca ne devrait pas aller chercher bien loin.

— La mairie n'aura rien à payer, protesta Nésilla. Ces gâteaux seront un don. Je ne me fais pas d'illusions, je sais que j'aurai des invendus à la fin de la journée. Il faudra que mes produits tournent et que j'ai du choix à proposer, quelle que soit l'heure. Je ne pourrai pas tout congeler. Je donnerai donc les gâteaux restants aux périscolaires.

— Non, ce serait trop dommageable pour toi, riposta Augier. Nous signerons un contrat, stipulant le versement d'une somme mensuelle en échange des gâteaux que tu t'engageras à fournir chaque matin. Le but, c'est que ton salon réussisse, alors on oublie les missions gratuites. Compris?

— D'accord. De toute façon, si nous sommes élus, j'aurai mon mot à dire sur le montant des versements.

— Effectivement, rigola Augier. Il n'y a plus maintenant qu'à espérer. Et à faire attention aux conflits d'intérêts.

L'envers des meringues

Le bonheur est une petite chose que l'on grignote, assis par terre, au soleil.
(Jean Giraudoux)

Anaïs avait beau se dire que sa robe était très belle, avec sa jupe bouffante et son corsage ajusté incrusté de milliers d'éclats de verre, exactement telle qu'elle l'avait rêvée, elle n'arrivait pas à se convaincre qu'elle était faite pour elle. Elle se sentait languissante, au bord du malaise, dans cette boutique surchauffée qui alignait les robes de mariée comme d'autres alignaient les soldats de plomb, ou les pages reliées des livres. Elles s'entassaient les unes contre les autres, en rang d'oignons, sans air pour s'étaler, pour respirer. Le tulle se mêlait à la douceur satinée de la soie, les perles se battaient pour agripper un morceau d'étoffe. Mais quelle étoffe? Pour quelle robe? Anaïs ne voyait que du blanc, des mètres de blanc, du blanc vaporeux, du blanc de plume, du blanc brillant. Trop de blanc, trop de lumière. Elle se sentait si fatiguée.

N'aurait-elle pas dû choisir une autre couleur, moins virginale? Un rose tendre de dragée? Un beige doré? Ou un beau rouge pétaradant pour lui porter chance? Non. Elle avait décidé de se marier comme si c'était la première fois, fraîche et rosissante dans une robe de conte de fées. Son premier mariage avait été une erreur. Elle s'était mariée trop tôt, trop vite, avec son premier amoureux qui, prisonnier lui aussi d'une union dont il n'avait pas su concevoir les devoirs, ne s'était pas montré à la hauteur de ses attentes. Il avait préféré prendre la fuite, le lâche, pour une autre, tout aussi imparfaite, mais ayant l'avantage de la nouveauté.

Elle l'avait pourtant épousé en portant dans ses yeux des torrents d'espoir. Elle avait revêtu une robe de fête d'une élégante simplicité qui reflétait ses rêves de l'époque: de la grandeur, de la classe, du sublime. La défaite aux élections régionales des Miss France était encore présente dans son esprit, et elle avait copié sa robe sur celle que portait la miss couronnée de l'année en cours. Comme une revanche. Elle s'était faite aussi belle qu'elle.

Pour ce second mariage, elle devait se surpasser davantage encore. Pour gommer l'échec avilissant de sa première expérience, et repartir en conquérante d'un nouveau cœur, d'un nouveau bonheur. Sa robe devait transcender tous les souvenirs, la faire redevenir jeune et magnifique et pure. Une deuxième revanche à remporter.

Elle reporta son attention sur sa silhouette. La vendeuse semblait extasiée, bien à l'abri dans son monde coquet de mousseline et de satin. Mais décidément, Anaïs ne se plaisait pas. Elle avait le teint gris, la bouche livide, les seins trop aplatis, la taille pas assez fine. C'était la faute de cette robe bulbeuse qui l'engonçait trop au niveau du buste puis s'affalait autour des cuisses comme un soufflé retombé. La faute aussi à ce blanc trop crémeux qui la faisait ressembler à une meringue un peu flasque, qui n'avait pas assez cuit.

La jeune femme sentait les larmes prêtes à sourdre derrière ses paupières. Le blanc des robes lui piquait les yeux. Elle était si fatiguée. C'était ce mariage qui l'épuisait: la location de la salle parfaite, difficile à trouver. La liste des invités. Leur placement à table. Les lettres d'invitation à rédiger avec adresse et originalité. Le choix de la robe, qui aurait dû être un des moments les plus magiques de la préparation, tournait au cauchemar. Une meringue obèse dans laquelle elle étouffait. Elle défaillait. Elle n'en pouvait plus.

Elle aurait voulu être déjà le grand jour, pour enfin tout laisser couler comme prévu. Ne plus avoir à organiser, à choisir. Juste profiter. Se faire admirer. Se laisser porter, par les murmures d'admiration, par les heures enfiévrées de la cérémonie. Savourer sa revanche. Dire « oui, je le veux » quand la mère de Bastien le lui demanderait. Enfin si c'était elle qui officiait.

Bastien ne tenait plus en place depuis que Nésilla lui avait annoncé qu'elle s'était inscrite sur la liste du maire sortant. Il avait lu et relu le programme de la bande. Il y croyait. Mais en face la liste adverse montrait les dents, avec un programme tout aussi séduisant. Alors il s'inquiétait, puisque la décision finale ne dépendait pas de lui. Il perdait espoir. Il prétendait que, comme d'habitude, les gens voteraient de travers. Ils ne comprenaient rien.

Depuis que les deux candidats avaient lancé leurs campagnes respectives, il tournait en rond. Il alternait entre des bouffées de confiance et des moments où la défaite lui semblait inéluctable. C'était épuisant.

Anaïs se moquait bien que ce soit la mère de Bastien qui les marie. C'était peut-être important pour lui, mais, pour elle, il ne s'agissait là que d'un détail organisationnel qui ne prêtait pas à conséquence. Ce qui avait de l'importance, c'était cet état de fatigue qui l'assommait, comme abrutit le soleil d'été en plein midi. Que se passait-il?

Elle abandonna la robe meringue. Elle n'était pas en état d'avoir la prétention de se sentir belle, pas ce jour-là, pas avec ces cernes grisâtres et cette peau plombée. Elle reviendrait avec sa mère, qui savait si bien la soutenir et l'admirait sans réserve. Il lui fallait ses yeux toujours prompts à s'extasier. Ils sauraient choisir une robe digne de la plus séduisante des Miss. Ils lui répéteraient combien elle était divine dedans.

Anaïs rentra chez elle et se coucha. Laurie et Sonia se trouvaient chez leur père, Bastien était parti tenir compagnie à Nésilla en ce week-end décisif d'élections. Elle soupira de volupté. Elle allait pouvoir dormir tranquillement tout son saoul.

* * *

Nésilla avait revu Augier. La troupe de ses soldats avait validé le salon de thé. Ils l'avaient inclus dans un programme de grande ampleur destiné à dynamiser le centre du village. C'était le socle de leur programme, la figure de proue sur laquelle ils comptaient pour séduire les électeurs. Face à eux, Félicien Petit avait choisi de faire croire aux personnes âgées qu'il s'intéressait à elles. Il avait annoncé que, s'il était élu, il ferait bâtir une maison de retraite afin que les vieux restent dans leur village à s'accrocher à la vie, soutenus par les visites de leurs familles qui, pour beaucoup, habitaient aussi sur place. C'était habile, en regard de la forte proportion d'habitants de plus de quatre-vingts ans.

Nésilla, Augier et ses partisans s'étaient mis à douter. La création d'un salon de thé, au final moins cher qu'une pâtisserie, leur avait permis d'inclure l'idée d'un square arrosé de verdure et de bancs publics utiles pour, aux beaux jours, déguster les gâteaux de Nésilla. Ils avaient aussi réfléchi à la possibilité de regrouper dans un même lieu les cinq médecins du village, généralistes et spécialistes confondus. A deux pas du salon de thé. Ils possédaient déjà les locaux. Soins médicaux et soins de bouche: ils avaient jugé que c'était une idée attrayante.

Mais Félicien semblait avoir vu plus grand, plus juste. Une maison de retraite presque à domicile. C'était porteur.

Bastien était venu passer le week-end avec sa mère. Il se voulait optimiste parce qu'après tout, le projet du maire sortant s'adressait lui aussi aux personnes âgées, ainsi qu'aux jeunes mamans, aux promeneurs et à tous les gourmands en général. Pour lui, c'était un atout de poids.

Nésilla lui avait paru si soucieuse au téléphone — il avait cru entendre des larmes dans sa voix quand il l'avait appelée le mardi précédent — qu'il avait décidé d'aller la voir. Il voulait être auprès d'elle lorsque les résultats tomberaient, comme Nésilla avait toujours été près de lui lors des moments décisifs de sa vie. Elle l'avait soutenu tant de fois, il pouvait bien la soutenir en retour, puisque lui aussi attendait beaucoup de ces élections.

Anaïs ne l'avait pas accompagné. Elle se plaignait d'être fatiguée ces derniers temps. Elle se surmenait, elle avait préféré se reposer. Et il y avait sa robe à trouver. Elle avait prétexté vouloir profiter de l'absence de Laurie et Sonia pour commencer les recherches. Bastien en avait été contrarié. Il aimait l'avoir auprès de lui, elle faisait partie de sa vie. Il détestait la laisser.

Au début il avait pensé rester auprès d'elle. Ils étaient tellement bien tous les deux, sans les filles. Ils avaient l'impression d'être en vacances. Ils se découvraient amoureux comme au premier jour, quand ils s'étaient rencontrés et qu'il ne savait pas qu'elle avait des enfants.

La voix abattue de sa mère au téléphone lui avait fait mal, parce qu'il se sentait responsable de son investissement dans la campagne municipale. S'il ne le lui avait pas demandé, elle n'aurait sans doute jamais pensé s'engager dans cette voie. En fait il avait peur pour elle. Il avait suivi de près son implication avec la mairie. Il avait vu son idée de quitter son travail chez Aubeterre pour ouvrir un salon de thé au village, prendre forme et grandir, bourgeonner, se ramifier jusqu'aux plus petits détail, jusqu'à en devenir une obsession. Elle était transformée. Elle en rêvait. Elle était prête à jeter aux orties vingt ans de sa vie pour un projet qui n'était pas si fou que cela, finalement, et qui la comblerait. Si elle était élue.

Mais si elle échouait? Elle devrait faire face à la déception de ne pas pouvoir marier son fils. La déconvenue serait foudroyante, et leur ferait du mal à tous les deux. Il y avait pire. Comment supporterait-elle de voir détruit ce pari audacieux qui avait mûri dans l'ombre et voulait désormais rayonner en pleine lumière, avant même d'avoir pu le réaliser? Ce serait comme si papa mourait une deuxième fois, pensait Bastien. Elle s'était tellement accrochée à ce salon de thé. Elle en rêvait si fort, que si le projet n'aboutissait pas, si les villageois se prononçaient contre lui, et donc contre elle, elle sombrerait de nouveau.

L'effondrement de cet élan inespéré dans lequel elle s'était projetée, idéalisée, de ce tremplin vers une nouvelle carrière, se transformerait en un manque insidieux qui serait aussi dévastateur que le manque de Jean-Baptiste.

Il ne se trompait pas de beaucoup. Il y avait cependant un point supplémentaire dont il ne se rendait pas compte, parce qu'il n'était pas père et n'avait aucune idée de la souffrance qu'éprouve une mère quand elle voit son fils lui échapper au profit d'une autre. Il s'éloigne dans la brume, il oublie. Il revient de temps en temps, pour les fêtes, les anniversaires. Il téléphone, de moins en moins souvent. Il n'est plus qu'une ombre, un vide, qui pèse et oppresse jusqu'à ne plus trouver de sens à rien.

Nésilla avait trouvé le biais du salon de thé pour tenter de survivre au départ de son fils. Un projet passionnant dans lequel elle pourrait s'investir à fond. Redonner du sens.

Toutes les idées qui fleurissaient dans sa tête, les goûters d'anniversaire à organiser, les cours de pâtisserie, les dégustations à thème, elle les avait trouvées parce que Bastien lui manquait, parce qu'il y avait un vide à remplir. Elles l'occupaient, elles lui faisaient entrevoir que la vie pouvait lui apporter des joies, des satisfactions, des sursauts de fierté, même quand elle serait définitivement seule et que Bastien, marié, choisirait de rester le plus possible auprès de sa jolie femme. Elles constituaient son plan de survie pour l'après.

Que se passerait-il si elle ne pouvait pas vivre ce rêve?

* * *

A vingt heures, les bulletins de votes dépouillés par l'équipe municipale encore en place lâchèrent les noms. Les résultats tombèrent. Augier Daoux était de nouveau élu maire avec plus de soixante pour cent des voix. Les vieux n'avaient pas choisi la maison de retraite. Ils préféraient passer la fin de leur existence à jouer aux gourmands dans un salon de thé et à somnoler sur des bancs au soleil, avec les médecins à proximité, au cas où.

Nésilla serra son fils dans ses bras. Elle pleurait, elle n'arrivait pas à parler.

— Tu vas me marier, maman! Tu te rends compte!

— Je ne sais plus où j'en suis. Ca me paraît complètement fou. Je vais porter l'écharpe. Qu'est-ce qu'il faudra que je dise? Je n'arrive pas à croire que nous avons gagné, et que tu vas te marier. Et que je vais ouvrir un salon de thé. Dès mardi, je démissionne.

Bastien se chargea de refroidir l'enthousiasme de sa mère. Il était architecte, il savait que les travaux prenaient du temps, surtout quand ils étaient commandités par un organisme municipal. On lui avait promis le projet, il fallait voir la suite. Dans quel bâtiment? Y aurait-il beaucoup de rénovations à faire? Un bureau d'études serait-il consulté? Et question cruciale: qui paierait les travaux? La mairie? Le département? La communauté de communes? Il fallait intégrer le vote du budget. Etre sûr que ce serait voté. Grappiller des subventions. Ce n'était donc pas pour tout de suite.

— Maman, attends d'abord le feu vert de la mairie avant de démissionner. Et essaye plutôt de te faire licencier. Tu auras alors droit de toucher le chômage, ce qui t'aidera pour les premiers frais.

Le téléphone le coupa alors qu'il allait expliquer plus en détail pourquoi cela risquait de prendre pas mal de temps avant que les travaux puissent débuter. Il prit la communication et laissa Nésilla s'affairer dans la cuisine pour confectionner le Diplomate qu'elle avait promis à Augier.

Elle versa une pleine bouteille de rhum dans un saladier et y plongea les fruits confits. Ils s'y ébattirent avec un enthousiasme initiateur de l'ivresse qui n'allait pas manquer de les assommer.

Elle les regardait gonfler sous la pression des gouttes alcoolisées quand Bastien la rejoignit. Il courait presque, il avait les yeux affolés, les lèvres balbutiantes. Ses mains se tordaient autour du téléphone. Elles semblaient vouloir le rejeter, comme si c'était lui le responsable de leur état fiévreux.

— C'était Anaïs. Elle s'est rendue aux urgences cet après-midi parce qu'elle ne se sentait vraiment pas bien, expliqua-t-il à toute vitesse. Il faut que j'y aille.

— Elle a vu quelqu'un? Qu'est-ce qu'elle a?

— Elle est couchée. Une infirmière lui a fait une prise de sang. Ce n'est peut-être qu'un état de fatigue passager, ce n'est peut-être rien de grave. J'y vais.

Il enfouit ses affaires dans son sac et s'enfuit de la maison de sa mère. Elle était oubliée, laissée sur la touche. Il ne se rappelait déjà plus sa victoire retentissante, si espérée, si incertaine. Il avait rejeté en bloc tout ce qui la concernait, pour ne plus se préoccuper que de la femme qu'il aimait.

C'est normal, se dit Nésilla. Je vais bien. Augier a gagné les élections. C'est Anaïs maintenant qui a besoin de Bastien.

Une pluie drue glissait sur ses mains, mouillait les œufs qu'elle avait commencé à battre. Elle venait du plus profond de son cœur, elle pleurait à verse. Parce que son fils l'abandonnait sans aucune hésitation. Au moins il ne m'a pas laissée seule face à la défaite, se répétait-elle, pour y croire. Elle savait cependant que, même si elle avait perdu, il ne serait pas resté à ses côtés. Il aurait rejoint Anaïs.

La victoire avait désormais un goût amer, elle avait perdu sa saveur. Il y avait trop d'eau, trop de regrets. Et ce poids si inexorable qu'impose l'absence.

* * *

Elle ne s'inquiéta pas vraiment pour Anaïs. Elle pensait que la jeune femme s'était trop surmenée et que ses médicaments homéopathiques n'avaient pas été suffisamment puissants pour empêcher la fatigue de devenir la plus robuste. Un déficit d'énergie. Une baisse de moral peut-être. C'était le lot de tout être humain à un moment ou à un autre de son existence. Anaïs, malgré ses grands airs et sa croyance en sa redoutable supériorité, n'échappait pas au sort commun. D'autant plus que son véganisme n'arrangeait rien, au contraire. L'Homme avait évolué comme un omnivore, alors un régime intégralement végétal pouvait entraîner de graves carences en protéines, en fer, en vitamines.

Nésilla savait qu'elle ne se montrait pas charitable envers sa future belle-fille, mais c'était plus fort qu'elle. Elle l'aurait mieux appréciée si elle avait fait l'effort de venir la soutenir avec Bastien lors des élections. Anaïs n'avait pas bougé le petit doigt, c'était donc perdu d'avance. Nésilla ne voyait pas comment elles pourraient un jour s'entendre, puisqu'elles ne se rencontraient jamais. Elle se demandait même si la jeune femme n'avait pas inventé sa prétendue crise de faiblesse pour faire revenir Bastien plus tôt auprès d'elle. Ce n'était pas impossible. Jusqu'à présent tous ses actes n'avaient montré que son refus d'admettre Nésilla dans sa vie. Elle n'avait eu aucune parole attentionnée envers elle. Elle laissait Bastien venir seul, elle ne l'accompagnait jamais. Par snobisme? Par égoïsme? Parce qu'elle avait peur de l'influence que Nésilla essaierait d'apposer sur elle? C'était vraiment mal connaître sa future belle-mère. Pourquoi ne pas lui donner une chance avant de décider contre elle? Elle avait tranché sans savoir, sans lui faire la moindre place. Elle voulait Bastien pour elle, mais un Bastien sans la belle-mère. C'était trop envahissant les belles-mères.

La sonnerie du téléphone la dérangea de nouveau. C'était Augier.

— Nésilla, qu'est-ce que tu fais? On t'attend pour fêter notre victoire.

— J'avais commencé à la fêter avec mon fils mais il est parti, balbutia Nésilla.

— Raison de plus pour venir nous rejoindre, aboya la voix joyeuse d'Augier. Tu feras un Diplomate une autre fois. Pour notre premier Conseil par exemple.

Nésilla raccrocha sans répondre. Les notes heureuses qui chantaient dans les paroles du maire réélu agressaient sa sensibilité à vif. Elles semblaient se moquer de sa tristesse. Elles la ridiculisaient, comme si elle n'avait pas d'importance. C'était intolérable. La mère en deuil ne se sentait pas capable d'apprécier à sa juste mesure cette joie exubérante qui voulait l'entraîner et la forcer à ressentir des émotions qu'elle ne pouvait pas partager, pas ce soir. Elle était ailleurs, dans le chagrin, dans la nostalgie du passé. Elle y avait sombré comme dans un puits trop profond pour avoir pied. Elle refusait de se prendre en pleine figure l'excitation des autres. C'était trop douloureux, comme le jet d'eau froide qu'on n'attend pas et qui fait hurler à l'aide. Il était plus facile de se recroqueviller à l'intérieur du trou qui s'était ouvert dans sa poitrine.

C'était sans compter sur l'ouïe perspicace d'Augier et sur son réel sens de l'empathie. Il avait entendu la fêlure dans la voix de Nésilla. Elle avait résonné comme un cri fragile, un appel au secours inconscient qui avait réveillé certaines de ses fibres sensibles. Sa tirade désespérée à propos du départ de son fils l'avait renseigné. Quelque chose de terrible était arrivé. Elle souffrait. Et, parce qu'il s'intéressait aux gens, parce qu'il appréciait Nésilla et était satisfait de l'avoir recrutée dans son équipe, il ne pouvait pas rester en dehors, comme s'il n'était au courant de rien.

Il tenta de continuer à trinquer avec ses futurs conseillers, mais son cœur n'y était plus. Il s'envolait auprès de Nésilla qu'il sentait perdue dans une angoisse trop lourde à gérer. Il n'avait pourtant pas pour habitude de jouer au bon samaritain. Il savait que souvent les mots ne servaient à rien, qu'ils étaient difficiles à trouver et que le sujet en crise préférait rester seul, prostré, plutôt que de subir un verbiage qui se voulait réconfortant mais l'était rarement.

Augier n'avait pas la prétention d'avoir les capacités pour réconforter Nésilla, mais à cause de ce qu'il avait vécu, il devait essayer. Il ne pouvait pas la laisser seule en proie à ses démons déchirants. Leurs conversations à propos du salon de thé les avaient rendus proches, pas vraiment amis. Pour ça il leur manquait un passé commun. Mais un peu plus que de simples collaborateurs qui se frôlent au travail sans rien connaître de la vie des autres. Elle savait que sa femme s'était défenestrée. Il s'était livré à elle sans répugnance, sans fausse pudeur, parce qu'elle dégageait quelque chose de doux, de sensible, d'attachant. Tout en étant capable de s'enflammer pour un projet qui lui tenait à cœur, jusqu'à enthousiasmer les plus indécis. Il appréciait cette qualité d'élan, cet entrain porteur capable de donner du sens. Il appréciait aussi la retenue qui la caractérisait en même temps et qui s'appuyait sur une capacité d'écoute plutôt rare parmi ses connaissances.

Il était presque vingt-trois heures lorsqu'il frappa à sa porte. Il avait bu plusieurs verres, mais tenait bien ferme sur ses jambes, et sur ses positions: pousser Nésilla à s'épancher s'il arrivait à ouvrir le robinet des confidences, à défaut de trouver les mots qu'elle attendait.

Quand elle ouvrit la porte et qu'il vit la détresse qui poignait jusque dans ses yeux d'ordinaire si pétillants, si vifs, et qui le regardaient sans vraiment le voir, vides, mornes, d'une tristesse noire, il ne calcula pas. Il ne chercha pas les mots. Il la prit dans ses bras. Il la serra contre lui, en calant sa tête dans le creux de son cou. Il plaqua tout son corps contre le sien pour qu'elle s'appuie contre sa force. Il se fit pilier. Il mit dans son étreinte sa vigueur et sa douceur, son énergie et sa commisération.

— Bastien est parti, gémit Nésilla, le nez collé dans sa veste.

Ce contact inattendu contre l'étoffe de laine lui faisait du bien. Sous la trame des fils pelucheux, elle sentait les muscles qui roulaient, le sang qui pulsait dans les veines, calmement, sereinement, à son rythme. La chaleur du torse d'Augier irradiait comme un feu doucement maîtrisé. Un appui. Qui disait qu'elle n'était pas seule.

Elle se recula. Elle voulait voir son visage, parce que ce n'était pas un appui anonyme qu'il lui offrait.

— Je me comporte comme une gamine, murmura-t-elle. Excuse-moi. Ce n'est pas ton rôle de maire de courir au secours des mères en détresse qui n'arrivent pas à accepter que leur fils ait une vie en dehors d'elles. Ou du moins qui n'arrivent pas à s'empêcher de regretter le temps d'avant.

— Aucun parent ne peut l'accepter sans souffrir, répondit sobrement Augier.

— J'ai beau me répéter qu'il est grand maintenant et que je dois me résigner, je n'y arrive pas. Passer à autre chose, ne plus regarder en arrière, avancer. Augier, c'est trop dur. C'est comme si je me disais que le passé n'est pas mort, je me prends à espérer encore. Je l'ai tellement aimé! Je l'ai mis au monde, je l'ai bercé, nourri jour après jour, je lui ai fait réciter ses leçons. Ma journée était calquée sur la sienne, comme la Terre tourne autour du Soleil. Je me réjouissais en même temps que lui, et pleurais comme lui sur ses échecs et ses rebuffades. Comment peut-on fermer la porte sur tout ça? Doit-on cesser d'aimer? S'amputer le cœur? Comment peut-on rebondir quand un être a été le pivot de votre vie pendant tant d'années? Elles ont défilé sans que je puisse les arrêter. Je l'ai regardé grandir, changer, s'éloigner de moi. Il n'y a désormais que les souvenirs que je peux retenir. C'est tellement banal. C'est l'histoire de tous les parents. Maintenant Bastien mène sa vie loin de moi. Je n'en fais plus partie, je suis restée en rade sur le bord de la route. Et je ne peux rien y faire.

— Non, tu n'y peux rien.

— Je ne veux pas, je ne veux pas, je ne veux pas, s'écria Nésilla en martelant le torse qui lui faisait face, qui se posait comme un mur inébranlable, un rempart à détruire.

— Tu voudrais quoi alors? Retourner en arrière?

Augier n'élevait pas la voix. Il laissait Nésilla défouler son chagrin à travers ses poings débordants de rage. Il ne les sentait pas. Ils battaient davantage le vide que les muscles de sa poitrine. Ils tremblaient de lassitude. Ils n'avaient que l'apathie du désespoir pour les mouvoir. La colère n'avait plus assez d'énergie pour se faire encore entendre. Elle avait fui en traîtresse, incapable de faire face.

Nésilla, à bout, s'arrêta d'elle-même de frapper. De pleurer. De crier. A quoi bon s'acharner, puisque le passé ne pouvait pas revivre?

— Ma femme était bipolaire, tu le sais, rappela Bastien pour couper le silence qui s'était soudainement abattu.

Il se décidait à ouvrir un nouveau pan de sa vie passée, un pan dont il n'aimait pas se rappeler mais qui faisait écho à la souffrance de Nésilla. Il pensa que le récit de ce qui était arrivé à d'autres pourrait peut-être l'aider, en lui prouvant qu'elle n'était pas seule. Que s'il détournait son attention sur la détresse de quelqu'un d'autre, elle laisserait la sienne de côté pour mieux l'écouter.

— Les médecins ont pensé que l'origine de sa maniaco-dépression était très certainement génétique. Cependant je suis persuadé que ses crises ont été déclenchées par un facteur environnemental qu'elle n'a pas su admettre: l'absence géographique de nos enfants.

— Tu as des enfants? s'étonna Nésilla.

— J'ai un fils, Grégoire, qui vit à Paris; et une fille, Amandine, qui est partie s'installer au

Canada. Tu te doutes que nous ne nous voyons pas souvent. Le départ de Grégoire a été douloureux, mais celui d'Amandine a été plus douloureux encore. J'ai l'impression encore aujourd'hui que c'est dans une autre vie que je l'ai connue.

— Parce que tu as su avancer. Tu t'es investi dans des activités qui ont réussi à prendre la place de ce que tu leur avais donné.

— Rien n'a remplacé leur présence mais tu as raison, j'avais un travail qui m'accaparait. Chloé n'avait pas ce refuge. La maison sans les enfants lui paraissait atrocement vide. Elle n'arrivait pas à se passionner pour d'autres occupations. Elle restait plongée dans les souvenirs qu'elle avait d'eux. Elle passait des heures à contempler les photos et les films qui résumaient les années qu'ils avaient passées à nos côtés. Elle n'a pas su se construire une vie sans eux, une vie de l'après. Son amour de la peinture n'était pas assez fort pour supplanter son amour pour nos enfants. Elle s'ennuyait. Je suis persuadé que cet ennui, cette souffrance plantée aussi bien dans son cœur que dans son corps devenu apathique, ont déclenché sa maladie.

— Pourquoi me dis-tu ça? Tu crois que moi aussi je suis bipolaire?

Augier ne put retenir un rire aigrelet, triste, qui se perdit dans sa bouche en râpant les tympans.

— Non, tu es beaucoup plus positive qu'elle ne l'a jamais été.

— En ce moment, je ne me sens pas du tout positive.

— Tu le seras demain. Ou la semaine prochaine. Ou dans un mois. Tu as des projets qui vont te permettre d'emprunter un nouveau chemin. Ce n'est pas celui dont tu avais rêvé pendant toutes ces années où tu as élevé ton fils, mais c'est un chemin qui te mènera vers quelque chose qui de nouveau remplira ta vie. Et j'espère t'apportera de grandes satisfactions, à défaut de la combler totalement.

Nésilla soupira:

— Mon salon de thé.

— Oui! Ton salon de thé! Ton nouveau rêve. Accroche-toi à lui! Si tu n'as pas peur de peindre, je peux te donner au moins quatre tables en bois qui, une fois repatinées, feront de l'effet. Elles me semblent d'une solidité à supporter les assauts surexcités des bambins les plus turbulents. D'ailleurs j'y pense: il te faut un nom. Y as-tu réfléchi?

Augier la forçait à réagir. Il la poussait vers cette porte qu'elle avait essayé d'imaginer. Il posait sa main sur la poignée, il lui disait: vas-y, ouvre-la, c'est là que t'attend ton avenir.

— Je l'appellerai « Le Salon de Saint-Honoré ». Parce que Saint-Honoré, qui fut évêque d'Amiens au XVème siècle, est devenu le patron des boulangers et des pâtissiers.
— J'en accepte l'augure.

* * *

La visite d'Augier requinqua Nésilla. Dans sa vie solitaire remplie d'absences, elle avait besoin d'épaules sur lesquelles s'appuyer, d'oreilles pour l'écouter, ou de langues pour lui parler. Lui montrer qu'elle n'était pas complètement isolée. Que des gens s'intéressaient à elle.

Jusqu'à quel point comptait-elle pour Augier? Par deux fois il s'était confié à elle dans ce qu'il avait connu de plus intime, de plus dramatique. Il l'avait jugée digne de recueillir des confidences qu'il ne dévoilait pas à tout le monde. Et il l'avait serrée dans ses bras. Comme une amie chère.

A moins qu'il n'ait agi sous l'impulsion d'un sentiment qui dépassait l'amitié... un sentiment plus tendre, plus ardent... un sentiment... Nésilla se reprit. Qu'allait-elle imaginer? Qu'Augier la trouvait à son goût? C'était possible. Et alors? Elle aussi le trouvait séduisant, avec ses yeux étincelants et ses fossettes joyeuses qu'on avait envie de caresser du doigt, pour voir jusqu'où elles avaient enfoui les rires, et si elles en avaient gardé un peu pour les autres. Il la troublait, oui, quand il présidait les réunions de sa voix mâle, sûre d'elle, qui allait droit au but. Une petite voix perturbante, qui demeurait faible et timide mais tentait tout de même de se faire entendre, lui serinait qu'en plus il était veuf, comme elle.

Nésilla se gourmanda. A quoi rêvait-elle du haut de son demi-siècle, avec son cœur solitaire qui avait appris à vivre sans homme et s'en accommodait? Tomber amoureuse? Se permettre le luxe à son âge de refaire sa vie avec quelqu'un? C'était insensé. Elle prenait ses désirs pour la réalité. Elle avait vécu une belle histoire avec Jean-Baptiste, dans une autre existence. Cela paraissait si loin, comme si quelqu'un d'autre l'avait vécue à sa place.

Elle se souvenait de leur rencontre au bord de la mer, pendant les vacances, rencontre d'abord pleinement amicale au milieu des copains et des heures passées à paresser dans l'eau; puis le soir au coin du feu quand leur regards s'étaient soudainement fixés l'un à l'autre en allumant une étincelle brûlante. L'étincelle s'était attardée, elle avait appelé les baisers, le don des corps, le plaisir. Les fous rires. Etait-ce vraiment la même Nésilla qui s'était enflammée pour ce Jean-Baptiste-là, jusqu'à lui ouvrir son ventre et le faire rentrer dans sa vie? La même qui avait acheté et retapé une maison au bord de la ruine, celle dans laquelle elle vivait depuis? Qui avait vécu toutes ces années auprès de son amour de vacances? S'était mariée avec lui? Perdue lors de randonnées improbables dans des forêts envahies de troncs éventrés, aux allures décharnées qui ressemblaient à ces desserts en noir et blanc qu'il affectionnait?

Elle avait l'impression en y repensant d'être entrée dans un film qui n'était pas le sien. De se prendre pour une actrice qui ne sait plus si elle joue vraiment un rôle dans l'histoire, ou si elle n'est qu'une spectatrice passive parmi d'autres. Les travaux en compagnie de Jean-Baptiste pour assainir la maison lui semblaient très loin, comme tirés d'un album photos qu'on consulte justement pour se remémorer les scènes oubliées, sans être absolument sûrs qu'elles nous appartiennent vraiment.

C'était avant. Avant que Jean-Baptiste ne s'écroule contre le sol. Avant qu'il la laisse seule avec Bastien. Avant que Bastien à son tour ne s'évanouisse jusqu'à la ville et son cabinet d'architecture. Elle restait seule. C'était toujours le lot de quelqu'un quelque part. Elle était désormais trop vieille pour avoir droit à une seconde histoire d'amour. Elle n'avait plus qu'à se focaliser sur l'inauguration de son salon de thé. Voilà ce qui devait la porter, voilà dans quoi elle devait désormais investir ses pensées, ses efforts, ses émotions.

* * *

Le lundi en fin de matinée, sa solitude acceptée de force vola en éclats par un coup de téléphone de Bastien. Il ânonna trois phrases succinctes, à toute vitesse, sans reprendre son souffle. Elles claquèrent abruptement, comme des pétards, mais des pétards vidés de leur allégresse, des cartouches sans consistance, sèches et stériles.

— Le laboratoire vient d'appeler. Anaïs a une leucémie. Ils l'ont transférée dans une chambre stérile.

Nésilla vacilla. Une leucémie? Comment un malheureux petit mot pouvait-il bouleverser une vie à lui tout seul? Une leucémie! Mais quelle leucémie? L'analyse de sang avait dû montrer une Numération Formule Sanguine anormale, une baisse du nombre des globules rouges, des plaquettes et des polynucléaires. A moins qu'elle n'ait mis en évidence la présence de cellules leucémiques immatures au travers d'une quantité de globules blancs anormalement élevée. C'était terrifiant.

Bastien pleurait sa peur au téléphone. Elle rebondissait à travers le fil, elle arriva jusqu'à Nésilla. Son fils adoré souffrait. Il avait peur de perdre la femme qu'il aimait. Et elle, sa mère, ne pouvait rien faire de plus que souffrir avec lui.

— Ils n'ont pas parlé de leucémie aiguë? parvint-elle à murmurer parce que c'était la première question qui lui venait à l'esprit, la pire des incertitudes.

— Non, pas pour l'instant. C'est moins grave, hein? Maman, dis-moi qu'elle va guérir!

Il la prenait pour une fée surhumaine capable de tout réparer, comme quand il était petit et qu'il cassait ses jouets et que, miracle, elle déboulait avec son sourire confiant et son tube de colle. Il était si facile de réparer la roue brisée en multipliant les clins d'œil complices. Il la suppliait. Elle, sa mère. Parce qu'elle l'aimait, et qu'il voulait croire que l'amour pouvait tout reconstruire.

Que pouvait-elle lui dire? Elle n'avait rien à lui promettre.

— Ils vont prélever des cellules dans sa moelle osseuse, affirma-t-elle. Ils les analyseront, ce qui leur permettra d'affiner le diagnostic et de choisir le meilleur traitement. Elle aura de la chimio.

Plusieurs cycles de plusieurs séances. Peut-être aussi devra-t-elle prendre des corticoïdes. Ce sera long et dur. Mais elle est forte. Et si tu l'aides, si tu la soutiens, elle se battra.

Nésilla n'ajouta pas qu'elle aussi soutiendrait Anaïs. Elle n'était pas sûre que la jeune femme accepte son aide. Elle réclamerait la présence de sa mère. Leur binôme était indéfectible. Quand à la belle-mère, sa place restait floue, comme d'habitude. Les visites en chambre stérile étant strictement restreintes, elle ne serait sans doute pas la bienvenue. Peut-être cependant qu'après chaque cycle de chimiothérapie, elle serait autorisée à rentrer chez elle, entre deux sessions. Les visites seraient alors plus faciles. Ensuite, si son système réagissait bien, une greffe de moelle osseuse serait peut-être envisagée, ce qui entraînerait encore plusieurs mois de traitements. Cela faisait beaucoup de peut-être.

Je soutiendrai Bastien, parce que c'est mon fils et que je l'aime, se jura Nésilla. Peu importe qu'il me quitte, qu'il vive sa vie. J'en fais partie, quoi qu'il en pense, puisque je suis là en cas de coups durs. Je serai toujours là. Il le sait, il m'a appelée à la rescousse. Cette confiance qui a pris naissance dans l'amour que je lui ai donné et que je lui voue encore, ne disparaîtra jamais.

Augier revint le soir-même pour avoir des nouvelles. Nésilla n'en revenait pas. Un homme se déplaçait deux soirs de suite parce qu'il s'inquiétait pour elle! Elle n'avait plus l'habitude d'être le centre de tant d'attentions. Elle trouvait cela apaisant, comme si son fardeau en se partageant devenait moins douloureux à porter.

— Tu sais, si j'ai voulu devenir conseillère municipale, ce n'était pas pour obtenir un salon de thé, avoua-t-elle sans hésiter, parce que la mort qui planait au-dessus d'Anaïs rendait inutiles les cachotteries, tout en les faisant apparaître bien dérisoires.

— Non, bien sûr, c'est moi qui ai eu l'idée de t'utiliser pour ouvrir une pâtisserie.

— Tu plaisantes et tu fais bien, parce qu'avec la leucémie d'Anaïs, tous mes choix sont remis en cause.

— Je ne comprends pas.

Non, évidemment, comment pourrait-il concevoir qu'elle avait voulu devenir membre du Conseil uniquement pour obtenir le droit de marier son fils? Quand il allait l'apprendre, il passerait la porte pour ne plus jamais revenir.

— Ton fils voulait que tu le maries. Tu as fait ce qu'il fallait pour être élue, résuma-t-il. D'accord.

— Tu n'es pas choqué?

— Je ne sais pas. Je ne crois pas. Si tu connaissais les vraies raisons pour lesquelles les gens se présentent aux élections, tu serais sans doute surprise. Certains s'investissent pour le bien-être général de leurs concitoyens, ils ont ce que j'appelle la foi. Mais d'autres n'y voient que l'occasion d'y gagner du pouvoir, ou de faire appliquer une mesure qui leur tient personnellement à cœur, sans considération pour l'intérêt général. Ce n'est pas cela qui les motive. Tu t'es peut-être embarquée dans l'aventure municipale pour des raisons pas forcément sincères au départ, mais tu as donné tes idées à notre campagne. Tu t'es investie à fond, tu nous as aidés à gagner. Et ce salon de thé, tu y tiens toujours, n'est-ce pas? Ce n'était pas du flan?

— Non, non, je me suis mise à en rêver. Et je n'ai pas envie d'abandonner maintenant.

— Alors où est le problème?

Nésilla hésita. Elle ne savait plus où elle en était. Il y avait ce salon de thé qui lui tenait à cœur, car c'était un départ vers quelque chose de fort, d'inédit, dans lequel elle se trouverait comme un poisson barbotant à l'aise. L'imposture de son inscription initiale demeurait cependant ancrée en elle, d'autant plus profondément qu'elle ne servait plus à rien.

— Anaïs a une leucémie, répéta-t-elle. Il n'y aura donc pas de mariage en juin.

Ni en juin, ni jamais peut-être, pensa-t-elle sans oser le dire tout haut. Elle ne voulait pas l'envisager. Elle devait au contraire croire que la guérison était possible, était probable, qu'elle allait se gagner parce qu'ils seraient tous ensemble soudés pour faire front contre la maladie. Ils la forceraient à reculer. Ils la prendraient à bras le corps. Ils feraient en sorte que le traitement, même long, même douloureux, tellement pesant au quotidien et à la longue, fonctionne. Il le fallait, pour Bastien. Il allait déjà avoir tant de mal durant les mois à venir. A gérer la pression, la peur, les séances de chimiothérapie, les périodes d'isolement d'Anaïs en chambre stérile. Les effets secondaires.

La fatigue lui tomberait dessus comme une ennemie implacable. Elle l'userait à petit feu. Elle lui insufflerait les doutes, la colère aussi parfois. La lassitude surtout, une lassitude têtue qui viendrait le narguer et paraîtrait sans fin, d'autant qu'il aurait à contrôler à la fois ses angoisses et celles d'Anaïs.

Nésilla se précipiterait alors à la rescousse. Elle le secouerait. Elle lui redonnerait espoir. Et il faudrait bien qu'il gagne. Il ne pouvait pas perdre. Non. Elle ne le permettrait pas. Qu'au moins, elle puisse servir à adoucir les mois difficiles qui allaient venir, souhaita-t-elle. Et que la force de son amour participe à l'exploit. Qu'elle puisse lui assurer qu'ils finiraient par vaincre. Que le temps n'était rien. Que l'espoir souvent sauvait tout.

— Si le mariage ne se fait pas cette année, il se fera l'année prochaine, pronostiqua Augier avec un optimisme agressif. Quand Anaïs sera guérie. Elle va se battre. Ton fils se battra à ses côtés, et tu seras là aussi. Elle aura toute sa famille derrière elle. Ce ne sera pas en pure perte. Il y a de grosses chances pour qu'elle s'en sorte. Rien n'est bien sûr garanti dans la vie, tu le sais bien, mais ça n'empêche pas de se projeter. Alors projette-toi! Dans ton futur salon de thé aux côtés de Saint-Honoré. Dans le mariage de ton fils. Comme une récompense pour les épreuves à venir.

Il fit une pause. Les accents combatifs qui avaient débordé dans sa voix se déchirèrent. Ils ralentirent le rythme. Ils s'adoucirent, mais prirent en même temps de l'ampleur, une solennité à la fois légère et persuasive qui s'enfonça dans les entrailles de Nésilla et s'y incrusta. Les mots portés par Augier lui insufflèrent une force nouvelle qui parlait de lutte nécessaire mais se gorgeait surtout d'espoirs. Elle devait s'accrocher à cette force qui rampait, à cet élan de ferveur qui ne minimisait pas les dangers mais savait les surpasser, et s'entêtait à y croire.

— Ce sera toi qui officieras, je te le promets. Et si tu es d'accord, je serai à tes côtés. Ta belle-fille sera époustouflée par ta prestance, par la conscience sévère que tu apporteras à ton rôle et par l'assurance pleine d'émotion de ton discours.

Nésilla était remuée jusqu'au plus profond de ses fibres. Les larmes débordaient au coin de ses paupières, tandis qu'au creux de ses joues s'incurvait un sourire reconnaissant, timide encore, mais qui grossissait, chassait l'eau au fond des yeux, leur disait que ce n'était pas le moment de la laisser couler.

Elle appréhendait toujours l'avenir mais des perspectives positives désormais s'invitaient dans ses doutes. A défaut de certitudes, elle se gorgeait de convictions, et d'espérances. Elle anticipa. C'était si doux de rêver, c'était si beau un mariage.

Elle imagina la scène: Bastien, très élégant dans un costume anthracite, et à ses côtés, Anaïs, rayonnante dans une robe blanche satinée aussi bouffante qu'une meringue tout juste sortie de son four. Ses joues un peu émaciées encore témoignaient de la difficile lutte qu'elle avait menée contre la maladie. Elle n'en était pas moins belle. Un peu plus émouvante peut-être. Un peu plus grave, comme ceux qui reviennent de loin.

Face à eux, Nésilla, solennelle, drapée de l'écharpe bleu, blanc, rouge, qui symbolisait sa fonction, les larmes incrustées à ses cils en ce jour inoubliable où elle mariait son fils.

Une pavlova géante en forme de poupée mannequin attendait sur le buffet de la salle de réception. Nésilla l'avait confectionnée la veille en remplaçant la coque croustillante de meringue par des centaines de fleurs au lait d'amande battu dans du sucre. Montées en grappes bourrées de fraises et de framboises flamboyantes, elles s'agglutinaient pour former une robe version gourmande des Miss France, d'une légèreté époustouflante.

Bastien et Anaïs se tenaient devant elle. Il était temps de les laisser partir. Elle restait stoïque, pénétrée par son rôle d'officier civil, mais avec le cœur broyé. Elle les bénissait. Elle retenait ses pleurs tout en poussant les deux amoureux vers leur vie commune. Elle restait seule de l'autre côté. Seule? Non, car dans sa vision, la main d'Augier s'emparait de la sienne, en douceur. Il la regardait. Il lui insufflait sa force complice. Il l'attendait au bord du chemin qui s'ouvrait sous ses pieds. Il proposait de l'accompagner sur la route de sa nouvelle vie.